dtv

»Eines Tages, als ich allein in der Kneipe stand, zupfte mich ein riesiges graugrünes Monster am Ärmel und sagte: Hey, willste nich' mal ein Buch schreiben? Ich hab nix mehr zu lesen.« Zum Glück hat Axel Hacke auf das Monster gehört! Und deshalb wissen wir jetzt, was er macht, wenn im Fernsehen das weiße Rauschen beginnt. »Nachts, wenn ich einsam bin ... setze ich mich gern ein wenig in die Küche und unterhalte mich mit dem Kühlschrank. Ich schätze diese Gespräche. Der gute alte Kerl, er heißt im übrigen Bosch, hat immer was zu trinken da, und sein Verstand analysiert die Dinge auch zu dieser Stunde eiskalt ...« Axel Hacke ist ein Erzähler, den man gern zum Freund hätte. Er wohnt – so scheint es – in derselben Stadt in derselben Wohnung wie wir, er kennt dieselben Leute, und er hat dieselben Probleme wie wir – oder jedenfalls beinahe. Oder haben Sie noch nie darüber nachgedacht, was passieren würde, wenn Sie dem Yeti begegnen?

Axel Hacke wurde 1956 in Braunschweig geboren und lebt heute als Schriftsteller und Journalist in München. Von 1981 bis 2000 arbeitete er als Reporter und ›Streiflicht‹-Autor bei der ›Süddeutschen Zeitung‹, für deren Magazin er bis heute unter dem Titel ›Das Beste aus meinem Leben‹ eine vielgelesene Alltagskolumne schreibt.

Axel Hacke

Nächte mit Bosch

18 unwahrscheinlich wahre
Geschichten

Deutscher Taschenbuch Verlag

Ungekürzte Ausgabe
Oktober 1994
8. Auflage August 2005
Deutscher Taschenbuch Verlag GmbH & Co. KG,
München
www.dtv.de
© 1991 Verlag Antje Kunstmann GmbH, München
Umschlagkonzept: Balk & Brumshagen
Umschlagbild: Rotraut Susanne Berner
Satz: Clausen & Bosse, Leck
Druck und Bindung: Druckerei C. H. Beck, Nördlingen
Gedruckt auf säurefreiem, chlorfrei gebleichtem Papier
Printed in Germany · ISBN 3-423-11942-X

Inhalt

Vorwort 7
Nächte mit Bosch 9
Mensch, danke, Onkel Oskar 12
Sterben vor prima Kulisse 28
Wolfgang – so issa 41
Die kleinen Laster des Mf. 369 47
I mog nimmer inkarnier'n 57
Pigmentveränderungen bei Perlewitz 69
Kein Gedanke. Nirgends 80
Hauptsache: verbunden 88
Ein Radler fährt schwarz 99
Kleine Rülpser, dumpfes Gluckern 102
Schnägg! Schnägg! 108
Das Wüste lebt 116
Ich traf den Yeti 126
Feinkost schlägt zurück 132
Ein Affe für mich allein 135
Hühner meines Lebens 137

Vorwort

EINES TAGES, als ich allein in der Kneipe stand, zupfte mich ein riesiges graugrünes Monster am Ärmel und sagte: »Hey, willste nich' mal ein Buch schreiben? Ich hab nix mehr zu lesen.«

»Heute noch?« fragte ich müde.

»Ja!« rief das Monster und spuckte Flammen aus seinem greulichen Maul, so daß mein Bier verdunstete.

»Was soll ich schreiben? Soll ich was erfinden?«

»Oh, erfinden ist gut!« brüllte das Monster.

Ich erfand ein zweites Bier, und dann erfand ich ein noch viel graugrüneres Monster. Es war so rüpelhaft, daß es mir absichtlich das Bier umstieß. Ich bestellte ein drittes.

Das neue Monster war unangenehm. »Du faules Schwein«, herrschte es mich an. »Glaubst wohl, ein Monster erfinden reicht schon, was? Mach weiter!«

»Genau«, sagte das erste Monster, das ich gar nicht erfunden hatte, »jetzt schreib mal was Wahres!«

Ich erfand eine Verlegerin. »Was Wahres!« brüllte das erste Monster.

Die Verlegerin trank mein drittes Bier aus. »Diese Verlegerin ist wahr«, sagte ich bestimmt und verlangte ein viertes Bier. »Es ist doch absurd, mit zwei Monstern und einer Verlegerin in einer Kneipe zu stehen«, sagte ich.

»Da haben Sie recht«, sagte die Verlegerin.

»Aber wir stehen tatsächlich hier«, eiferte ich mich.

»Auch wieder wahr«, sagte die Verlegerin.

»Dann ist alles wahr, was ich erfinde?« fragte ich.

»Und alles ist erfunden, was wahr ist«, sagte die Verlegerin.

Ich trank das vierte Bier und erfand sofort meinen Onkel Oskar, den Schriftsteller Perlewitz sowie Herrn Erich Scheitelmüller nebst verschiedenen Hühnern. Als ich gerade das Telefon erfinden wollte, betrat Johann Philipp Reis den Raum und sagte: »Das habe ich bereits erfunden.«

»Auch gut«, sagte ich und erfand 86 000 Neuerscheinungen und die Frankfurter Buchmesse gleich dazu.

Da weinten die Monster sehr. So hatten sie sich das nicht vorgestellt.

»Same procedure as every year«, sagte die Verlegerin und bestellte Bier für alle.

Nächte mit Bosch

NACHTS, wenn ich einsam bin, wenn mich die letzten Gesichter auf dem Fernsehschirm verlassen haben und weiße Krokodile sich langsam aus dem Spülstein schieben, setze ich mich gern ein wenig in die Küche und unterhalte mich mit dem Kühlschrank. Ich schätze diese Gespräche. Der gute alte Kerl, er heißt im übrigen Bosch, hat immer was zu trinken da, und sein Verstand analysiert die Dinge auch zu dieser Stunde eiskalt.

Ich starre dann auf die Fläche des Küchentisches und stelle viele Fragen: Warum muß ich im Omnibus eine Fahrkarte in einen klackenden Apparat schieben, im Schwimmbad ein Ticket im Maul eines grünen Kastens abstempeln lassen, vor dem Büro eine grüne Plastikscheibe in einen schwarzen Rachen stecken, dem Schrankenautomaten in der Tiefgarage weißes Papier zu fressen geben, den öffentlichen Telefonapparat bunten Kunststoff schmecken lassen – warum? Wohin senden die Geräte ihr Wissen über mein Vorbeikommen? Was merken sie sich, was vergessen sie? Wer will das alles wissen? Wer faßt alles zusammen?

In letzter Zeit beginnt Bosch, meine Melancholie gelegentlich zu teilen. Er sei, sagt er dann, nun auch nicht mehr der Jüngste, das Tiefkühlfach tue es schon nicht mehr so recht, die Abtauautomatik schmerze, und dann immer das viele kalte Bier. Neulich hat er gebeten, ich möge, wenn es mit ihm soweit sei, für eine anständige Entsorgung seines FCKWhaltigen Kühlmittels sorgen.

Meinen Fragen, meinen Klagen lauscht er immer noch summend. Nur manchmal macht er Einwände wie neulich, als ich ihm aus einem alten »Journal of the American Medical Association« vorlas. Es ging um eine Studie über Verletzungen, die Menschen bei Unfällen mit Getränkeautomaten davongetragen hatten, ja von Todesfällen war die Rede. Immer wieder geschehe es, so las ich, daß Cola-Automaten, vollbeladen mit gefüllten Dosen, sich nach vorne neigten und auf die Kunden stürzten. Drei Soldaten seien, Angaben der US-Armee zufolge, auf diese Weise zerdrückt worden.

»Und warum?« brummte mein alter Freund, dem die Untersuchung auf geheimnisvolle Weise schon zur Kenntnis gelangt war. »Weil sie die Geräte getreten und beschimpft haben. Weil sie ihnen die Getränke aus dem Leib schütteln wollten. Da kippen sie halt um. Sollen sie sich alles gefallen lassen?«

Ich lief ins Wohnzimmer, um den ersten Band meines geliebten Lexikons zu holen. Ein Automat, definierte ich, erregt das Buch schwenkend, sei eine Vorrichtung, die vorbestimmte Handlungen nach einem Auslöseimpuls selbständig und zwangsläufig ablaufen lasse; nichts anderes sei ihm gegeben.

»Stimmt das denn?« fragte mein Gegenüber.

Natürlich stimme es nicht, brüllte ich, heiser vor Wut, aber man müsse darauf mal wieder zurückkommen. Wie oft habe so ein Ding schon mein mühsam zusammengepumptes Kleingeld ohne Gegenleistung gefressen! Wie oft sei am Kaffeeautomaten der Pappbecher leer geblieben! Und wenn es mal genug Kaffee gebe, garantiert seien dann die Pappbecher alle! Die Cola-Automaten habe man doch nicht grundlos geschüttelt. Nie mache ein Automat, was ich wolle, nie!

»Siehst du«, seufzte Bosch und schüttelte sich, daß die Flaschen klirrten, bevor sein Summen erstarb.

Die in Europa stationierten GIs, so hieß es in dem Artikel, würden durch eine Informationskampagne davor gewarnt, Automaten zu mißhandeln. Wer aber warnt die Automaten? Wer sagt ihnen, daß sie nicht ohne Gegenleistung unsere Münzen für sich behalten dürfen? Wir sollen friedlich sein – und sie? Ich mußte an den Getränkeautomaten in der Fernsehserie »Kottan ermittelt« denken, der mit den Menschen in seinem Büro so zerstritten war, daß er einigen von ihnen grundsätzlich nichts mehr servierte. Also haben sie doch – eine Seele? So viele Fragen in der Nacht. »Bosch! Bosch!! Sag mir, ob das Licht in deinem Innern wirklich aus ist«, flehte ich den Kühlschrank an.

Keine Antwort. Es war dunkel und die Krokodile glotzten. Morgen würde ich den Voice-Control-Wecker anschreien, und er würde zurückbrüllen, ich sei ein Schinder und ein Säufer und solle ins Bad verschwinden. Den Kopf auf dem Arm schlief ich ein und träumte, daß einarmige Banditen mich ausraubten.

Mensch, danke, Onkel Oskar

MEIN ONKEL OSKAR lebte vor vielen Jahren in West-Berlin, und als ich 16 war, besuchte ich ihn zum erstenmal. Wir gingen morgens um zehn in die Kantine des Blumen-Großmarktes beim Checkpoint Charlie, und Onkel Oskar sagte:

»Was willst'n haben?«

»Kaffee«, sagte ich.

Onkel Oskar tippte mit dem Zeigefinger hinter sein rechtes Ohr, wo ein fleischfarbenes Hörgerät saß, und ich wiederholte laut: »Kaffee!«

Er nickte der Bedienung zu, die mittlerweile an unserem Tisch stand. Sie trug einen ärmellosen weißen Kittel, hatte dünne graue Locken und eine grobgefurchte, großporige Gesichtshaut. Sie notierte. Was Onkel Oskar für sich selbst wünschte, wußte sie offenbar, denn er sagte und sie fragte nichts. (Dennoch war ich sicher, daß sie eine heisere, überanstrengte Stimme hatte.) Als sie sich umdrehte, faßte Onkel Oskar, ohne sie anzusehen, rasch ihr Handgelenk und sagte zu mir:

»Willste was essen?«

Ich überlegte.

»Iß mal was!« Er sah wieder zu der Bedienung hoch und sagte:

»Bringste ihm mal Eier mit Schinken!« Dann schwiegen wir. Es war mühsam, mit Onkel Oskar zu reden, er war wirklich sehr schwerhörig. Sein Blick war oft in die Ferne gerichtet, und wenn man etwas zu ihm sagte, war es, als ob man ihn erst weckte. Immer mußte man wiederholen, einmal, zweimal.

Ich betrachtete die kleinen Biere auf den Tischen nebenan und dachte, daß es nebenan in der Markthalle sicher einen Obststand gäbe, und daß Onkel Oskar dort bestimmt immer Bananen gekauft hatte, natürlich, wo denn sonst?

Mein Onkel Oskar hieß in unserer Familie »der Bananen-Onkel«. Er besuchte uns in der kleinen Stadt 200 Kilometer von West-Berlin alle paar Jahre einmal, immer unverhofft und ohne jede Anmeldung. Dann stand er vor der Tür und sagte: »Tach.« Wir sagten: »Ach, Onkel Oskar«, und bekamen die Bananen mit den Worten: »Da ist was für euch, 'n paar Bananen.« Später, wenn kein Erwachsener guckte, drückte er mir immer hastig zehn Mark in die Hand und sagte:

»Steck ein.«

»Mensch, danke, Onkel Oskar.«

»Steck weg!«

Wir wußten nie genau, wie er gekommen war. Es hieß oft, er sei getrampt, eine Reiseform, die auf der Skala der Unvorstellbarkeiten in unserer Familie denselben Platz einnahm wie ein Ufo-Flug.

Getrampt? Onkel Oskar war, seit ich ihn kannte, immer mindestens 75 gewesen.

Er fahre mit irgendwelchen Lastwagen von Berlin hierher, steige an der Autobahnabfahrt aus und komme dann zu uns, sagte mein Vater. Zu Fuß? Mit dem Taxi? Keine Ahnung. Er hätte auch vom Himmel heruntersteigen oder aus dem Erdboden wachsen können, und heute bin ich ziemlich sicher, daß er genau das tat.

Einmal vergaß er seine Brieftasche auf dem Küchentisch, als er aufs Klo ging, und hinterher wußte man, daß sie dick gewesen war und voller Geldscheine. Das sicherte ihm den Respekt der Erwachsenen, aber das Unverständnis für seine Schrulligkeiten vergrößerte es auch. Hätte er doch auch mit der Bahn fahren können! Am Geld konnte es nicht liegen mit der Tramperei! Woher er es wohl hatte?

»Er ist ein Filou«, sagte mein Vater. Verkaufe vielleicht Blumen an Berliner Straßenecken. Oder sowas eben.

Ich besuchte Onkel Oskar in Berlin, sobald man mich allein von daheim wegfahren ließ, und ein halbes Jahr später besuchte ich ihn wieder und dann alle paar Wochen. Anfangs fuhr ich, sobald ich genug Geld gespart hatte, mit dem Interzonenzug. Später bin ich getrampt, jedenfalls auf der Rückfahrt. Onkel Oskar brachte mich zum Großmarkt, ging mit mir zu einem Lastwagenfahrer, und der nahm mich mit. Einmal sah ich, wie mein Onkel ihm hastig zwanzig Mark zusteckte, und hörte, wie er sagte:

»Paß bißchen auf den auf!«

Wenn er verreiste, um uns zu besuchen, war mein Onkel gut gekleidet. Er trug dicke wollene Anzüge mit Weste, schwarze, hochgeschnürte Stiefel und Krawatte. In der Westentasche hatte er eine alte Taschenuhr mit einem Deckel, der bei Knopfdruck aufsprang. Wenn er uns nicht besuchte, also fast immer, sah er anders aus: kein Anzug, keine Krawatte, statt dessen ein hellblauer, verwaschener Kittel um seinen langen, hageren Körper, ob im Garten oder in seiner Wohnung.

Nur ein paar Meter vom Großmarkt entfernt hatte er einen Kleingarten, noch näher am Checkpoint Charlie gelegen als die Markthalle, an einer Stelle mitten in Gesamt-Berlin, an der heute keine Gärten mehr denkbar sind. Dort stand ein hölzernes grünes Gartenhaus, in dem sogar Platz für einen Tisch und ein Sofa war, und wenn die Sonne schien, saß mein Onkel Oskar vor diesem Häuschen auf einer schmalen Holzbank und sah aus, als ob Walter Trier ihn gezeichnet hätte, der Illustrator von Erich Kästners Kinderbüchern: ein alter, weißhaariger Mann (mein Onkel, nicht Walter Trier) mit einer runden Nickelbrille und einem gelben Strohhut und einem Kittel. Ich setzte mich dann neben ihn, blinzelte in die Sonne, sah hinüber zum Großmarkt und dachte an Spiegeleier mit Schinken und an Kaffee.

Seine Wohnung lag auch in Kreuzberg, einige Straßenzüge weiter, ganz in der Nähe der Möckernbrücke. Man ging durch den Torbogen eines alten Hauses, dessen Wände grau und rissig waren, und überquerte auf einem Plattenweg einen sandigen, kahlen Hinterhof, der, ohnehin ringsum von hohen Mauern umgeben, durch eine riesige Kastanie gänzlich verschattet wurde. Da standen immer alte Fahrräder, und über eine hölzerne Treppe gelangte man in den zweiten Stock zu meinem Onkel.

Wenn ich kam, schaltete er zuerst den Fernseher ab, der tonlos lief, dann nestelte er am Ohr, um sein Hörgerät anzuknipsen. Onkel Oskar lebte zu Hause in gründlicher Schallisolierung – die Gründe dafür verstand ich erst später. (Übrigens war es dadurch kompliziert, in die Wohnung zu gelangen. Meistens hämmerte ich gegen die Tür, bis mich die Nachbarn hörten, die einen Schlüssel hatten. Sie sperrten seine Wohnung auf und ließen mich ein. Ich tippte dem Onkel dann sanft auf die Schulter. Überrascht oder erschrocken war er nie.)

Es roch in seinem Wohnzimmer, das voll war mit Sofa, Sesseln, Schränken, Tischen, immer nach Orangen. Das lag daran, daß er auf den Heizkörpern deren Schalen trocknete, dichte Schichten von Orangenschalen, die langsam in sich zusammenschnurzelten und eine fahle Färbung bekamen – weiß der Himmel, was er damit machte und wann er all diese Orangen aß. Bananenschalen sah ich nie. Ich glaube, er mochte selbst keine Bananen.

Stundenlang saß Onkel Oskar in einem Sessel und schaute an die Wand, auf einen Schrank, in die Luft. Ich nahm mir eine Zeitung von den vielen Papierstapeln, die uns umgaben, Haufen von uralten, gelben Zeitungen, deren Papier staubig und ledrig geworden war, und in denen noch von der Berlin-Blockade berichtet wurde, und das Anfang der siebziger Jahre. So saßen wir und schwiegen.

Manchmal stand plötzlich eine Frau im Zimmer, Anfang 40, mit kurzen schwarzen Haaren, einer billigen Hornbrille und einem dunkelroten, weiten Umhängemantel. Stumm machte sie jedesmal einige Schritte in das Zimmer hinein, entschlossene, zielgerichtete Schritte auf meinen Onkel zu ... dann drehte sie auf dem Absatz um und verschwand so lautlos, wie sie gekommen war. Mein Onkel beachtete sie nicht. Ich ahnte, daß es sich um seine Tochter handelte. Ich wußte, daß seine Frau seit langem tot war, daß er aber diese Tochter hatte, die irgendwo in Berlin in einem Pflegeheim lebte, weil sie den Krieg nicht ohne Geistesverwirrung überstanden hatte. Niemand wußte genau, weshalb das so war, am wenigsten ich. Aber ich saß da im Sessel und las die alten Zeitungen und sah diese rote Frau und versank in Geschichten vom Ende des Krieges in Berlin, die mir ein Lastwagenfahrer auf der

Transitautobahn erzählt hatte. Die grauenhafteste dieser Geschichten handelte von einer Nazi-Größe in Karlshorst, weit im Osten der Stadt: Als der Krieg fast vorbei war und die Russen den Stadtteil besetzten, hätten, so erzählte der Fahrer, jener Mann und seine Frau gemeinsam Selbstmord begehen wollen – die sowjetischen Soldaten standen schon im Treppenhaus. Zuerst habe das Ehepaar aber seine fünfzehnjährige Tochter erschossen, und dann sei es plötzlich unfähig gewesen, sich selbst zu richten. So seien die beiden, verrückt vor Angst neben der sterbenden Tochter hockend, den Soldaten in die Hände gefallen.

Irgendwann in solchen Geschichten (oder waren es Träume?) zupfte mich mein Onkel am Ärmel und sagte: »Ick zeig' Dir mal was.« (Er war kein geborener Berliner, er hatte vom Berlinischen nur dieses »ick« übernommen, sprach sonst klares Hochdeutsch, nur dieses »ick« benutzte er. Kein »wat«, kein »gar nischt«, aber »ick«.)

Ich legte den schon in Auflösung befindlichen »Tagesspiegel« vom Januar 1956, der auf mein Gesicht gesunken war, beiseite und folgte meinem Onkel. Er öffnete den rechten Flügel der hohen Doppeltür zum Nebenzimmer, das ich vorher nie betreten hatte. Warum auch? Ich hatte es für sein Schlafzimmer gehalten. Das war es aber nicht.

Die hohen Wände dieses Raumes waren bis unter die Decke bedeckt von dunklen Holzregalen, in denen dichtgepackt und -gestapelt längliche, einzeln in Zeitungspapier gewickelte Gegenstände lagen, teilweise so lang, daß sie über die Regalbretter hinaus in den Raum ragten. In der Mitte des Zimmers befand sich ein großer, niedriger Eichentisch, vielleicht zwei mal vier Meter groß. Um diesen Tisch herum standen auf dem Boden Hunderte von roten Säckchen, solche, in denen normalerweise Orangen abgepackt werden, weiche

Plastiknetze, die man mit einem Griff zerreißen kann, um an die Orangen heranzukommen.

Diese Säckchen waren nicht zerrissen, aber es waren auch keine Orangen mehr darin. Sie alle enthielten Buchstaben, fingerlange, schwere, gußeiserne Buchstaben, jeder so dick wie ein Leibnizkeks. Auf dem Tisch sah ich, zwei Meter hoch, ein silbern glänzendes Ungetüm, das die gesamte Tischfläche in Anspruch nahm. Zwischen den massiven, schweren Metallstreben, die es oben und unten sowie an den Seiten begrenzten und die zu einem Kubus verschraubt waren, hingen dicke und weniger dicke, gerade und leicht gebogene Röhren, ein verzweigtes Labyrinth, dessen Eingang offenbar ein großer Plastiktrichter war, der oben auf dem Apparat in einer offenen Röhre steckte, und dessen Ausgang ich in einem armdicken, geriffelten Kunststoffschlauch vermutete. Er endete in einem weißemaillierten Eimer auf der linken Seite des Tisches.

»Paß auf!« sagte mein Onkel Oskar. Er griff sich eines der Säckchen auf dem Boden, schnürte es mit geübten Bewegungen sorgfältig auf, kletterte auf eine kleine Trittleiter neben dem Tisch und schüttete alle Buchstaben in den Trichter. Die Maschine begann sofort, ohne daß mein Onkel einen Schalter berührt hätte, im surrenden Ton einer Kaffeemühle zu arbeiten. Das dauerte ungefähr eine Minute. Dann ertönte aus dem Eimer neben dem Tisch ein hohles »Klock«, darauf mehrere Male, leiser und nicht ganz so hohl, ein »Klack«. Mein Onkel bückte sich und griff in den Eimer. Er hatte mehrere Buchstaben in der Hand, die zu einer Folge verschweißt waren.

»Virkkuukoukku«, stand da. Ich sah erst das Wort, dann meinen Onkel fragend an.

»Das heißt ›Häkelnadel‹. Ich hab' sie noch auf finnisch eingestellt«, sagte mein Onkel. Er nahm ein zweites Säckchen und schüttete den Inhalt wieder in den Trichter. Ich sah, daß im Eimer lauter einzelne Buchstaben lagen, die der Apparat für »Virkkuukoukku« nicht gebraucht hatte. Er arbeitete schon wieder, schnurrte, surrte, summte – klock, klackklackklack...

»Lätäkkö.«

Mein Onkel schüttelte den Kopf. »Pfütze«, sagte er. Noch ein Säckchen.

»Kansallisuustunnus.«

»Nationalitätenkennzeichen«, sagte mein Onkel. »Komische Worte macht sie heute. Was soll das?«

Noch ein Säckchen.

»Denkt sie sich die Worte selbst aus?« fragte ich.

»Ja«, sagte mein Onkel Oskar, »und immer nur einzelne Worte. Ick sammle sie und lege sie ins Regal.« Er nahm Virkkuukoukku, Lätäkkö und Kansallisuustunnus und wickelte sie einzeln in Zeitungspapier.

»Hast du das gebaut?« fragte ich.

»Fünfzehn Jahre lang.« Er seufzte. »Meine Buchstabiermaschine. Sie macht aus Buchstaben Worte, und ick will aus den Worten irgendwann mal eine Geschichte machen. Weiß nicht, ob ick das noch schaffe. Ein finnisches Märchen vielleicht. Aber ick habe ja keinen Einfluß darauf, welche Worte sie macht.« Er sah nachdenklich seine Regale an. »Sie passen nicht zueinander. Häkelnadel, Pfütze und Nationalitätenkennzeichen – wie soll man daraus ein Märchen machen? Das reicht ja nicht mal für ein modernes Gedicht.«

Klock – klackklackklack...

»Tyytymättömyys.«

»Unzufriedenheit«, sagte mein Onkel. »Merkwürdig, trifft genau das, was ick gesagt habe. Es klingt so schön: Tyytymättömyys. Und sieht schön aus. Finnisch klingt schön und sieht noch besser aus.«

Ich hatte noch nie erlebt, daß er so viel redete. Aus der linken Tasche seines Kittels fingerte er einen kleinen Schraubenzieher. »Ick stell sie jetzt mal auf ungarisch um.« Er kroch mit dem Oberkörper halb in den Apparat hinein, bog sich unter Röhren hindurch und drehte an Schrauben, die ich nicht sehen konnte. Als er wieder neben mir stand, nahm er ein Säckchen von einer anderen Ecke unter dem Tisch und schüttete den Inhalt wieder in den Trichter. »Für ungarisch kann man fast dasselbe Buchstabensortiment nehmen«, sagte er.

»Und warum ausgerechnet ungarisch?« fragte ich. Daß er finnisch konnte, hatte ich gewußt. Er hatte dort nach dem Krieg viele Jahre gelebt, wenn auch niemand wußte, wie und wovon. »Hat sich durchgeschlagen, als Holzfäller wahrscheinlich«, mutmaßte mein Vater immer.

Klock – klackklackklack...

»Wahnsinn«, flüsterte ich. Mein Onkel zog einen armlangen Begriff aus dem Eimer.

»Pénzbedobós távbeszélökészülék.«

Wir standen stumm da und betrachteten die Worte. »Es heißt ›Münzfernsprecher‹«, flüsterte mein Onkel. »Verstehst du jetzt? Nur das Ungarische hat solche Begriffe. Und das Walisische natürlich. Aber walisische Worte passen nicht mehr durch die Windungen der Röhren, so lang sind sie. Dafür müßte die Maschine doppelt so groß sein oder die Buchstaben kleiner.«

Er schüttete Säckchen auf Säckchen in den Trichter.

»Öblök.«

»Die Buchten«, sagte mein Onkel.

»Öklök.«

»Die Fäuste.«

»Ötvösök.«

»Die Goldschmiede. Sie macht nur noch Pluralformen«,

sagte mein Onkel. »bloß noch Plurale. Weiß der Himmel, warum! Ick hätte gern eine Geschichte über die Einsamkeit einer alten Frau mitten in Budapest gemacht. Was soll ick mit dem ganzen Pluralzeugs?«

»Ördögök.«

»Die Teufel.« Irgendwo in der Maschine knirschte es, und ein rotes Lämpchen begann zu blinken. Mein Onkel griff hastig nach einem Säckchen, das unter dem Tisch lag. »Das kommt davon«, schimpfte er, »natürlich sind zu wenig Umlaute in dem Säckchen. Wenn sie aber auch nur noch Plurale macht, immer -ök, -ök hinten dran an die Worte, da reichen natürlich die Umlaute nicht.« Er schüttete einen ganzen Haufen Ös in den Trichter. Das Knirschen hörte auf, das Lämpchen erlosch. Der Geruch von heißem Metall hing in der Luft.

»Örület!« murmelte ich. Mein Onkel schaute mich verwundert an.

»Kannst du ungarisch?« fragte er.

»Nein... nein«, sagte ich, »ich weiß nicht... ich weiß nicht, woher das jetzt kam. Was heißt es denn?«

»Wahnsinn!« sagte mein Onkel. Er schraubte schon wieder irgendwo in der Maschine herum, nahm dann den weißen Eimer und schüttete die einzelnen Buchstaben darin, die für die bisherigen Worte nicht verbraucht worden waren, in den Trichter. »Ick will nicht, daß etwas umkommt«, sagte er, »alles soll verwertet werden.«

»Warum hast du das Ding gebaut?« fragte ich.

Er zuckte die Achseln. »Wahrscheinlich doch, weil ick Worte so mag. Ick kann stundenlang dasitzen und mir ein Wort ansehen. Es ist blöd, aber es ist nun mal so. Ick erzähle es ja auch niemand, halten einen ja alle für verrückt. Nur du weißt es jetzt. Ick hab's dir erzählt, weil du einer bist, der auch die Klappe halten kann.«

»Broileri«, klockerte in den Eimer.

»DDR-Deutsch kann sie?« fragte ich verblüfft.

»Das ist wieder finnisch«, sagte Onkel Oskar, »aber ›Hähnchen‹ heißt es auch.«

Es klockte und klackte ununterbrochen, lauter Worte mit einfachen Vokalen jetzt, Resteverwertung. »Pappi« sei der Pfarrer, erklärte mein Onkel, »Tutti« der Schnuller, »Banaani« die Banane, alles finnisch.

Ich besuchte ihn von nun an, sooft ich konnte. Wenn ich kam, gingen wir jetzt stets sofort in das Zimmer mit der Buchstabiermaschine und ließen sie surren und schnurren und lagen davor auf dem Boden und kicherten über die Worte. Sobald mein Onkel dieses Zimmer betrat und anfing, an seiner Maschine zu schrauben und zu wienern und sie in Betrieb zu nehmen, war er nicht mehr schweigsam und wortkarg, und nie schaute er abwesend in die Ferne. Er hörte gut, und manchmal schaute er mich lachend an und klopfte mir fest auf die Schulter. Es mußte mit den Worten zusammenhängen, eine andere Erklärung wußte ich nicht.

Wenn wir bei schönem Wetter zusammen in seinen Garten hinübergingen, schenkte er Kindern auf der Straße kleine Worte. Manche steckten sie ein, andere sagten, von fremden Männern dürften sie keine Worte nehmen. Seine Tochter kam immer noch, aber nie betrat sie das Zimmer mit der Buchstabiermaschine, und nie redete sie. Einmal sah ich durch den Türspalt, wie mein Onkel sie auf dem Flur lange und still umarmte. Ein andermal, später, als wir uns wochenlang nicht gesehen hatten, erzählte er mir, er sei in der Schweiz gewesen und zeigte Bilder vom Matterhorn, murmelte immerzu das Wort »Chuchichäschtli« vor sich hin und wollte, daß die Buchstabiermaschine auch schwyzerdütsche Worte machte.

Sächsisch konnte sie schon, und ich lernte, daß es ein schöneres Sächsisch gab als das hochnäsige Marienborner Vopo-Sächsisch, das mir von meinen Transitfahrten in den Ohren klang. »Morchngonzärrd« klockte heraus und »Babbgardong, Gwargguchn, Rodgohl, Zebbelin, Gamelhaarmandl«. Mein Onkel kam gar nicht nach, so oft blinkte die rote Lampe, und so viele Bertas und Doras und Gasimiers mußte er oben in den Trichter nachfüllen. »Bluddurschd hat sie«, sagte er dann.

Wenn er ganz tief in den Apparat hineinkroch und lange an den verschiedensten Schrauben drehte, spuckte der Schlauch Tiernamen in den Eimer:

»Blaulappenhokko, Halsbandschnäpper, Odinshühnchen, Spießflughuhn, Langschnabelbrillenvogel,

Rallenreiher, Gelbkopfgeier,

Kanaren-Schmätzer, Kabylen-Kleiber,

Schwarzstirnwürger, Langschwanzdracke, Rübenschwanzgecko, Achtzehnfleckiger Ohneschild-Prachtkäfer, Linienhalsiger Zahnflügelprachtkäfer, Veränderlicher Edelschnarrkäfer, Zottiger Bienenkäfer,

Furchenlippige Kerbameise,

Schwarze Hochglanzeule, Eichen-Nulleneule, Standfuß' Zackenbindeneule,

Zürgelbaum-Schnauzenfalter,

Quenselis Alpenbär.«

Sie hörte überhaupt nicht mehr auf. Mein Onkel sagte, man müsse sparsam sein mit Worten und jedes einzelne genießen. »Ick will Respekt haben vor jedem Wort«, sagte er, »und ick will es mir genau anschauen.« Aber dann saßen wir doch da und fraßen Worte und hatten am Ende so ein Das-hättest-du-nicht-tun-sollen-Gefühl von Reue und Fettheit. »Sie ist gefährlich«, sagte Onkel Oskar, »sie hört nicht mehr auf mit den Worten. Man muß aufpassen, sonst überschwemmt sie alles.«

Ein paar Tage später ließ er trotzdem Pflanzennamen ausspucken, und es war wieder dasselbe. Wir trugen Säckchen um Säckchen die Stehleiter hinauf und konnten nicht genug bekommen: »Zarter Gauchheil, Breitblättriger Stinkstrauch, Warziger Tragant, Gewöhnliche Brillenschote, Langstrahliges Laserkraut, Großfrüchtiger Kohl, Drüsige Zwergfetthenne, Zottige Fahnenwicke, Starknerviges Gliedkraut, Johnstons Schnabelsenf...«

Es war zum Wortekotzen, so übel war uns am Abend! Gab es solche Pflanzen wirklich? Hatte ich Johnstons Schnabelsenf nicht schon mal im Regal des Supermarktes gesehen?

»Sie erfindet nie etwas«, sagte mein Onkel, »für jedes Wort gibt es irgendwo auch einen Gegenstand.« Würden diese Pflanzen einmal aussterben, so selten wie sie sich anhörten? So herrliche Namen, und sie würden nichts mehr bezeichnen und müßten ebenfalls verschwinden!

Es klingelte.

»Hat es geklingelt?« fragte Onkel Oskar. Er verließ das Zimmer, um zu öffnen. Ich hörte Stimmen auf dem Flur, die meines Onkels und die zweier Männer.

»Wollen Sie schon wieder mehr?« fragte mein Onkel.

»Natürlich, soviel wie möglich«, sagte einer der beiden.

»Können Sie uns nicht schnell was machen? Mindestens acht Worte, für einen Autoprospekt. Es ist eilig.«

»Ick will das nicht mehr«, sagte mein Onkel, »ick will nicht so viele Worte machen.«

»Fangen Sie nicht wieder damit an«, sagte der zweite Mann, »was Sie letztesmal geliefert haben, war doch wunderbar, hat hundertpro gepaßt. Wissen Sie noch, die Gebrauchsanweisung für den neuen Turboladerstaubsauger? Entriegelungszunge, Sicherheitsarretierung, Rastnase, Ausblasöffnung, Gebläseflansch... war alles super.«

»Schlucksaugeranschluß...«, seufzte mein Onkel.

»Wie bitte?«

»Schlucksaugeranschluß war das schönste Wort.«

»Ja, gut, und jetzt brauchen wir mehr«, sagte der zweite Mann, »zuerst für diesen Autoprospekt, und dann steht die Sportartikelmesse vor der Tür – die haben dauernd neue Geräte und brauchen Worte dafür«, sagte der erste Mann.

»Ganzkörpertrainingsgerät neulich – haben Sie wunderbar gemacht«, warf der erste ein.

»Es gibt neue Werbefilme für Schokolinsen, und der Bundestagswahlkampf steht vor der Tür. Wir brauchen nicht bloß ein paar Worte, wir brauchen Geschwätz, Mann, säckeweise. Mit diesen homöopathischen Dosen kommen wir nicht weiter«, sagte der zweite.

»Es gibt genug Worte«, sagte mein Onkel, »es werden zu viele. Nur noch ein paar brauche ick, damit ick endlich eine Geschichte erfinden kann, dann ist Schluß.«

»Wir zahlen gut«, sagte der erste Mann, »das wissen Sie doch.«

»Ick will kein Geld mehr«, sagte Onkel Oskar.

»Denken Sie an Ihre Tochter, an die Pflegekosten«, sagte der zweite Mann, »oder geben Sie uns endlich die Maschine, dann schwimmen Sie im Geld. Wir geben es Ihnen.«

»Nie!« rief mein Onkel, »niemals!«

»Sie sind ein alter Mann! Was wollen Sie mit so vielen Worten? Wir holen uns den Apparat! Eines Tages holen wir ihn uns einfach!«

»Geben Sie doch Ruhe!« sagte mein Onkel. »Warten Sie! Ick hole etwas.«

Er senkte den Kopf und kam langsam wieder in das Zimmer mit der Buchstabiermaschine. Er sah mich nicht an, drehte an zwei kleinen Schrauben und schüttete zehn Säckchen mit Buchstaben in den Trichter. In den Eimer klockerten lange Worte. »Heckspoiler«, las ich, »Fächerauspuffkrümmer, Hinterachsöltemperatur, Ölkühlertrockensumpfschmierung, Absolutdruckladeregelung, Hinterachsquersperre, Magnesiumhohlspeichenrad, Gußkolbenquetschkante, Peitschenantenne, gewichtsoptimiertes Speichendesign.«

Mein Onkel nahm wortlos die Worte unter den Arm, ging hinaus, gab sie den Männern und sagte: »Hier, zwei mehr als sie wollten. Und nun gehen Sie und lassen Sie mich!«

»Niemals!« sagten die Männer wie aus einem Mund. Sie gaben Onkel Oskar ein Bündel Geldscheine, das er in seiner Kitteltasche verschwinden ließ. Er schob sie zur Tür hinaus. Dann kehrte er zurück. Er sah mich noch immer nicht an, sondern polierte mit einem weichen Lappen sorgsam die Rohre seiner Maschine.

»Du verkaufst Worte?« sagte ich.

Er polierte weiter.

»Ick muß es tun«, sagte er schließlich. »Ick brauche Geld. Du hast es ja gehört, wegen meiner Tochter. Und sie brauchen Worte. Sie bauen dauernd neue Autos oder machen Parfüms oder Waschmittel, aber sie haben immer zuwenig Worte und wollen ständig neue. Die holen sie bei mir. Sie wissen seit einiger Zeit von der Maschine, irgendwie wußten sie es, ick weiß nicht, woher. Ick hörte die Worte dann irgendwann wieder, im Fernsehen zum Beispiel. Deshalb stelle ick immer den Ton ab. Es ist mir zuviel, und ick bereue es.«

Er nahm seine Brille ab und putzte sie mit dem Lappen, den er noch in der Hand hatte. »Zeitungen nehme ick nur noch zum Worte-Einwickeln«, sagte er, »es ist fast dasselbe wie mit dem Fernsehen.« Er setzte die Brille wieder auf.

»Geh mal jetzt«, sagte er leise.

Drei Tage später lag er im Krankenhaus, in einem Bett auf einem Flur, bleich und matt. Ein Arm war gelähmt. Der Schlaganfall sei gar nicht so schlimm, aber er habe beschlossen zu sterben, sagten die Ärzte.

»Mit mir ist es aus«, sagte er selbst. Er schob mir ein kleines Paket zu, etwas Schmales, in Zeitungspapier Gewickeltes.

»Hier«, sagte er, »steck ein.«

»Mensch, danke, Onkel Oskar.«

»Steck weg!«

Er sprach mühsam, den Blick starr in die Luft gerichtet. »Ick wollte... sie zerschlagen, alles... kaputthauen... ging nicht mehr. Wahrscheinlich... haben sie sie schon.« Er drehte den Kopf langsam zu mir und schaute mich lange an. »Verstehste?«

Ich hastete in seine Wohnung. Die Tür war offen, das Zimmer, in dem die Maschine gestanden hatte, leer. Zeitungspapier lag herum, dazwischen ein paar zerbrochene Worte. Ich ging wieder in den Hof. Das Päckchen, das er mir gegeben hatte, steckte in meiner Manteltasche. Ich wickelte das Wort, das darin war, langsam aus, ein nicht sehr langes, gußeisernes, schwer in der Hand liegendes Wort.

»Kurzschröter.«

Keine Ahnung, was das war. Ein Tier? Eine Pflanze?

Seine Tochter stand unter der Kastanie. Ich drückte ihr das Wort in die Hand. Wir gingen zusammen durch den Torbogen des Vorderhauses. Ich holte tief Luft und brüllte:

»Kurzschröter!!!!«

Dann blickte ich nach unten auf die Straße. Die Worte standen schon knöchelhoch.

Sterben vor prima Kulisse

DER TOD kommt unauffällig in die Crellestraße; manchmal bemerkt man ihn nur, wenn er wieder einmal vergessen hat, das Licht auszumachen. Wer weiß denn genau, wie lange Gehrets Leiche damals schon in seiner Küche gelegen hatte, als dem Hausmeister eines Tages auffiel, daß hinter dem Fenster da oben im vierten Stock schon seit Tagen die Lampe nicht mehr ausgeknipst worden war? Die alte Frau in der zweiten Etage erinnert sich nicht einmal mehr, daß Gehret hier je gewohnt hat. Aber daß es keinen Hauswart mehr gibt, weiß sie und faucht es durch den Türspalt hinaus ins Treppenhaus. Bevor sie die Tür schließt, ruft sie noch: »Wir müssen alle raus!«

Ja, die Crellestraße wird saniert. Auf der Straßenseite gegenüber haben die Häuser schon wieder Farbe. Das Trottoir ist frisch gebügelt, und gußeiserne Pfeiler, Zaunpfähle Altberliner Gemütlichkeit, begrenzen den Gehweg. Um die Ecke bietet der Hundesalon preisgünstig »Fleischschlund, Schlund mit Knorpel, Gurgel, Pansen, Fleck« an. Die Tasse Frucht- und Getreidekaffee bei Mangold-Naturkost kostet 1,20 Mark, und gleich nebenan annonciert der Wirt von »Schultheiß Zur Tankstelle« ein Eisbeinessen, pro Person 15 Mark »plus ein Freigetränk«, aber nur, wenn man eine Woche vorher bezahlt.

Das Haus Nummer 17, in dem Gehret 1986 tot gefunden wurde, hat sich nicht verändert. Neben den Zetteln, mit denen auf die ausgelegten Rattenköder hingewiesen wird, hängen aber schon Einladungen der SPD zur Diskussion über »Sozialdemokratische Erfolge und Perspektiven für das Sanierungsgebiet Crellestraße«. Die Hausfassade ist von Putzresten bedeckt wie von Blatternnarben. Unten im Eingang hat jemand das Wort »Mistschwein« in die Farbreste geritzt. Gleich hinter dem Haus beginnt die Berliner Steppe: Sand, Teppichreste, Kaffeefilter, alte Antennen, leere Apfelsaftgetränk-Kartons, rostige Lampen. An der Brandmauer des Nachbarhauses steht »Angesichts der Vergänglichkeit«.

Hier fällt der Tod nicht auf, oder doch, manchmal doch. Per Aushang kündigt die *bibo tv und film productions GmbH* einige Zwischenfälle an. Man drehe einen Film, heißt es: Ein Mann solle verhaftet werden, flüchte aber und werde erschossen. »Die Aufnahmen werden mit einigem Lichtaufwand (Nacht) und einer gewissen Lärmbelästigung (Schüsse) verbunden sein.« Man bitte um Verständnis, die Genehmigung liege vor. Prima Kulisse fürs Sterben! Bronxberlin, Pudelberlin, Rentnerberlin, Müsliberlin, Türkenberlin, Berlin-Schöneberg – Gehretberlin.

Diesen Gehret fand man am 24. April 1986. Man fand neben der Küche ein Zimmer mit einem von Zetteln, Zeitungen, Büchern, Aufzeichnungen übersäten, blutigen und schmutzigen Bett, daneben einen Eimer mit Erbrochenem. Man fand ein weiteres Zimmer, in dem sich unter anderem befanden: 14 Aktenordner mit mehreren tausend kurzen, jeweils vier bis acht handgeschriebenen Seiten umfassenden, bizarr-surrealistischen Texten; ebenso viele ganz ähnliche, aber auf Tonbandkassetten gesprochene Werke; etliche hundert Seiten Kurzgeschichten; ein Tagebuch über 24 Jahre in 30 Kladden; 40 Ordner mit Sprachstudien, dem kindisch-genialen Versuch der Entwicklung einer eigenen Sprache, einer eigenen Schrift sowie einem Sortiment selbstgebastelter Stempel, die ihrerseits mit jeweils eigenen Wortbedeutungen versehen waren.

Die Geschichte des Reinhard Gehret verdichtet sich in zwei Fluchtversuchen vor dem Kleinbürgerleben in einer fränkischen Kleinstadt und vor dem drakonischen, jähzornigen Regiment des Vaters, Metzger dortselbst. Es ist die Geschichte vom Scheitern dieser beiden Versuche, von ein paar glücklichen Jahren dazwischen, vom verzweifelten Willen eines Menschen zur Unabhängigkeit und vom Preis, den er dafür zahlte. Und vom Entstehen einiger ziemlich guter Texte.

Reinhard Gehret, geboren am 14. Juni 1949, gestorben im April 1986, unternimmt bereits mit 17 Jahren einen Selbstmordversuch, der keineswegs als Hilferuf inszeniert ist, sondern seinem Willen entspricht, endgültig Schluß zu machen: Gehret schießt sich mit einem Bolzenschußgerät, das normalerweise zur Tötung von Vieh verwendet wird, in den Kopf. Er überlebt, weil das Projektil zwischen beiden Hirnhälften hindurchgeht und die Ärzte eine Meisterleistung vollbringen, ist aber fortan schwer zuckerkrank, verliert den Geruchssinn und kann auf dem rechten Auge fast nichts mehr sehen. Unübersehbar ist für immer an diesem Auge die vom Einschuß herrührende Narbe.

Später wird Gehret sagen, er habe keinen anderen Weg des Entkommens mehr gesehen. Nun findet er ihn. Nach monatelangem Krankenhausaufenthalt beginnt er sich als Hilfsarbeiter durchzuschlagen, zunächst im Würzburger Hafen, dann in einer Druckerei. Mit 18, das war 1968, packt er die Koffer und fährt nach Berlin, holt dort das Abitur nach, nimmt dann ein Linguistikstudium auf. Zu Hause läßt er zunächst einfach wissen, man solle ihn als gestorben betrachten.

Bald bricht er auch sein Studium ab. Geld verdient er wieder als Hilfsarbeiter, die letzten zehn Jahre vier Stunden pro Tag in einer Kreuzberger Druckerei. Gehret versucht, mit einem Minimum an Geld auszukommen. Einmal notiert er stolz, daß ihm diesmal zehn Mark pro Woche gereicht hätten. Äußerlich wird er zu einem Stadtschrat mit langem, zotteligem Bart, den er gelegentlich wie einen Pferdeschwanz zusammenbindet, mit filzigen Pullovern und Hosen, die er in Altkleidersammlungen aufstöbert. Wenn es kalt wird, rollt er einen alten Teppich um den Leib. In seiner Wohnung friert regelmäßig das Wasser ein. Wenn Gehret heizt, verbrennt er im Ofen Holzabfälle, die er auf der Straße oder im Bauschutt gefunden hat. Neben dem Ofen hängt stets eine große Säge. Mit einem alten Fahrrad, das er aus Angst vor Dieben Abend für Abend über steile Treppen in seine Wohnung schleppt, bewegt er sich fort; die Berliner Verkehrs-Gesellschaft boykottiert er aus finanziellen Gründen.

Dabei ist Gehret ein liebenswürdiger Mensch von philosophischer Freundlichkeit, der durch intensive Zuwendung und Zuhören die abstoßende Wirkung seines Äußeren meist nach wenigen Sätzen ins Gegenteil verkehrt. Seine Unabhängigkeit aber läßt er nicht antasten. Als seine sonst über alles geliebte Schwester, Zahnärztin in Dillingen, ihm den Kauf einer Eigentumswohnung in Berlin anbietet, droht er mit dem Abbruch der Kontakte. Jeden Pfennig (zum Schluß werden es mehrere zehntausend Mark sein) legt er für die Realisierung seines Traums zurück: »Das Bild von einem eigenen (oder gemieteten) Haus im Süden: hell, luftig; mit weiß gekalkten Wänden, und in der schönsten Ecke der Schreibtisch mit allen Utensilien. H. Hesses Montagnola kenne ich nicht; davon habe ich nicht einmal ein Photo gesehen. Aber ich stelle es mir ideal vor für meine Bedürfnisse.« So steht es im Tagebuch.

Das Leben zu diesem Ziel ist drakonischer Systematik unterworfen. Als Diabetiker hat Gehret strenge Diät zu leben, gegen die der Körper immer wieder rebelliert. Jeder Krümel Knäckebrot wird in einem speziellen Tagebuch notiert, aber fast immer endet der Tag mit dem Selbstvorwurf, »gefressen« zu haben. Einmal schreibt er: »Der Diabetes ist eine objektive Unterdrückungsmaschine im Gegensatz zum Katholizismus. Wäre das was: Den Diabetes zum Gott zu machen für ein schönes, neurotisches Ritual? (beichten, wenn ich gefressen habe. Beschwörungen, daß die Regelmäßigkeit zwischen Dosis, Diät und Blutzuckerwert (das Orakel) erhalten bleibt?« Das steht auch in jenem minutiösen Tagebuch, für ihn »mein Kompaß durch den Sumpf«, »meine einzige Rettung vor dem Sumpf«, mit dem er sich die »Depressionen vom Hals geschrieben« hat.

Gehret schreibt besessen, zu jeder Tages- und Nachtzeit, immer nach der Uhr. Am Anfang und Ende jeder Seite wird die Zeit vermerkt, manchmal mitten im Wort: »viel- —15:10—leicht«. Vier bis neun Minuten benötigt er für ein Blatt in seinen Kladden. Gehret sammelt Material dafür, wo es geht, schneidet belanglose Gespräche auf einem Tonband mit, das er mal in einem Backofen, mal in der Tasche versteckt, sammelt noch weggeworfene Tonbänder auf, die er im Müll findet, spricht seine Halluzinationen während eines LSD-Rausches ins Mikrophon, spielt mit Zuständen von Über- und Unterzucker, um die Bewußtseinszustände dabei zu protokollieren, liest Berge von Zeitungen und Büchern.

Er saugt Leben auf und sondert es in neuer Form wieder ab
– wie in Trance. Gehret schreibt surrealistische Texte, die er
selbst »Fölmene« nennt. Er geht mit dem Recorder in der
Hand durch die Straßen und diktiert mit fränkischem Akzent
und leicht anstoßender Zunge, beinahe atemlos keuchend,
weitere Texte, die er als »Dikdale« bezeichnet. Absurde Geschichten sind das, von Tanzlehrerministerien und Belobigungsbüros, Texte, die wimmeln von Schwarzwurzeltänzerinnen und Maikäferlikör, von Greisbrei und Darmgeschmeide. Ein Schlaflied ist auch dabei:

»Ich habe die Decke über mich gezogen & die Augenlider.
Und ich warte ein wenig
bis die Wörter kommen
Buchstabenbilder mit angeheiratetem Lautwerk
und Wortfühler
und Wortgliedmaßen
Assoziationen und anderes Spielzeug
Bewußtseinsreste und vergessenes Wissen,
(jedenfalls paßt Netzhaut zu gefallenem Schnee,
und Kehlkopf zu Holzkuchen)
Natürlich paßt das zusammen, ganz klar.
Nur nachdenken darf man nicht. – Sonst biste gleich
wieda wach.«

Schreiben war für ihn Weiterträumen auf dem Papier, die
große, ganz große Freiheit. Und die Fölmene waren Vorarbeiten, Stücke, an denen er für Größeres lernen, Werkzeuge, mit
denen er sich hinuntergraben wollte ins eigene Innenleben.
»Mit Fölmenen«, schrieb er, »finde ich den Weg nach unten.«
    Beispiel eines Fölmens von Reinhard Gehret, geschrieben
am 25. Dezember 1981 unter dem Titel »Schmerzhaft der

Schweiß von Spezereien«. »23:47. Und im gummigepolsterten Zoo, neben dem Becken mit den Zitteraalen, erstrecken sich wie eine weite Reihe gelber Zähne die Schaufenster des Kaufhauses zur letzten Gelegenheit. Dort kann man Hüte kaufen und gebrauchte Nähmaschinen, Tabaksgemälde und Gesäße aus Porzellan. Alles ist ausgestellt und mit schlankem Rauch umhüllt, die Elektrizitätszigarren stehen auf Grün, automatische Münder öffnen sich und klappen zu, vergoldete Erbsen klappern über das Parkett der Schaufensterböden, und das Publikum strömt draußen vorbei, hastig, unbeteiligt, mit wehem Herzen wegen der schwachsüchtigen Kaufkraft in ihren Hosen und dem geringen Mut in ihren Herzen und dem herben Schicksal auf der Straße, die an den schmalen, säurehaltigen Kanälen vorbeiführt. Große und kleine Wasserwege kreuzen sich, verdünnen sich, setzen sich fort in Abflußrinnen und Gullys und unterirdisch brodelt es weiter, tauscht das urbane Gedärm seinen Atem mit dem Brodem der Großstadt, chemische Gedanken blubbern, Affenschweiß und Rentnerfett schwimmen auf der dunklen Brühe, die mit der Kraft und dem Schmutz der Bewohner gesättigt ihren Weg nimmt durch das bedrohliche Labyrinth unter der Stadt, vorbei an Ratten und Leichenresten, Müll und toter Gesinnung. Aus dem Verstorbenen wächst Neues, aber es ist ein langer Prozeß, eine kaugummilange, übelriechende Pein, ein Schmerz von der Größe und der Lautstärke eines verängstigten Hundes, der aus Furchtsamkeit beißt und in die Wolken pißt, wenn keiner zuschaut oder es zu verhindern vermag. Die Kräfte der dünn aufgetragenen Nachdenklichkeit wohnen in Autowracks am Rande der Wüste. Auch Schaufensterpuppenwracks wohnen dort und Radio- und Fernsehwracks mit abgewrackten Nachrichten, alten, vergammelten Zeitungen, die zu abgewrackten Kriegen aufhetzen, die dann von einbeinigen Wracks geschlagen und gewonnen oder verloren werden. Kein Arsch will seinen Kopf hinhalten für das Geschäft der Kapitalistenklasse. Jeder Arbeiter ist blöd, der nicht alles tut, um dem Wehrdienst zu entgehen. Und wenn er wenigstens einen Pfarrer erschießt und eine Kirche sprengt. Die goldenen Erbsen kollern immer noch, Stahlbomben platzen am Himmel. Ein Feuerwerk der buntesten Farben und Sexsymbole öffnet die Herzen. Auch die Hungrigen haben ein Stück Kuchen geschenkt bekommen. Auch sie fühlen eine Zufriedenheit ihre Brust beklemmen. Ihre Stimmen werden gebraucht. Auch das bescheidenste Scherflein schlägt einen Nagel in die Brust des Bösen und seine Diamantenkrone verliert an Glanz. Zwischen den Stiefeln der Macht haben wir unser geheimes Informationsbüro eingerichtet, das seine Sensoren auf den Augenlidern installiert hat und das den Himmel gleichermaßen durchforscht wie die innerpsychischen Regionen der arbeitenden Klasse. Da muß doch ein Hebel oder ein Schlangenbiß zu finden sein, der bewirkt, daß die Leute arbeiten. So was tut doch keiner freiwillig. Aus irgendeinem Loch des Kosmos muß doch die Macht kommen, die so viele Individuen unterdrücken und ausbeuten kann. Mit Wimpeln allein und Blut in den Zeitungen läßt sich das nicht erreichen. Die Propaganda muß tief in die Zähne gehen, muß das Kopffleisch unterwandern und durchdringen und den Blick der selbstgerechten Justiz in ihrem senfgelben Kleid zu Ehren des 100 000. polnischen Würstchens im zarten Darm zu feiern. Überhaupt die Feiern. Das tausendste Schiff wurde versenkt, die hundertste Zigarette geraucht und im Windkanal der alten Goten verschluckten sich die Weltreligionen mit Zähnen und Klauen. Steinchen und Bausteinchen funken sich Sympathien zu. Die Anziehung geht in die Beine. Zentimeter um Zentimeter schiebt Gregor Samsa sich vor, rudert mit den steifen Armen seiner langen Verzweiflung über das Meer der Rückschläge in Rückenlage. Kein saftiges Gras vermag an dieser Politik etwas zu ändern. Kein Geheimnis um die Schuld von Unfällen bei glitschigem Blaulicht. Seine Zunge hängt im Windkanal und ringelt sich, denn die Post vom September aus der Hauptstadt der Tiger ist noch nicht angekommen. Kein weißes Gewand vermag die Schuld zu verbergen, die Bruder Geronimo auf die Flasche zog. Also gehören die Schlösser, die Villen und Paläste uns. Aber wer sind die ›uns‹? Wer regiert den Mond mit solcher Entschiedenheit, daß er seine Entschlüsse auch durchzusetzen vermag? Daran mag es bei ihm hapern mit seinen 92 Jahren. Die Gesundheit im Kreuz wie das Spielzeug die Batterie. Werbeengel auf wattegeschüttelten Schlitten. Alles war herrliche Literatur, bis der Überfall geschah. Als die Masthähnchen ins Kaufhaus stürmten und an die Decke ballerten, da hielt ich alles für witzig. Aber dann kam alles anders: Die Decke des Tanzstundensaales brach ein, die Hühner waren los und die Weihnachtsgans wurde vergessen. So verging ein einziger Tag, dem noch tausend andere über die Schulter blickten. 24.18«

Gehrets Geschichte führt hinein in das unstete Leben der Berliner Untergrundliteratur, der unablässig erblühenden und wieder schließenden, sich gründenden und spaltenden Selbstverlage und Zwergeditionen, der Literaturoffensiven und Schreibzirkel. Daß er schrieb, wußten einige. Er hatte in Zimmern und Hinterzimmern Kurzgeschichten und Gedichte vorgelesen, alles andere aber verschwiegen. Vom Textgebirge in seiner Wohnung ahnte niemand etwas.

Kreuzberg, Winterfeldtstraße 36. »Wieder einmal war es das Überhebliche, selbstgefällige Getue, das Besserwissen, kurz die Ablehnung (was wir indirekte Zensur nennen) unserer Texte von verschiedenen Verlagen, was uns dazu veranlaßte, zur Selbsthilfe zu greifen.« So schrieb der Soziologiestudent Horst Walter Krowinn im Vorwort zu einem selbstverlegten Buch, in dem Texte jener veröffentlicht wurden, die sich jahrelang im »Literaturcafé« hier in der Winterfeldtstraße trafen, einer Zentrale der Unverstandenen und Verkannten.

Die Hausnummer 36, deren Fassade sich heute in adrettem Alt- und Schweinchenrosa in den aufpolierten Kiez fügt, war ein besetztes Haus, als man 1981 hier das Café gründete, in dem schon bald Krowinn, Gehret und andere ihre Texte vorlasen und besprachen. Gehret fiel nicht weiter auf, es sei denn durch sein von der allgemeinen Neigung zum anerkennenden Schulterklopfen abstechendes Bedürfnis, hart zu kritisieren und kritisiert zu werden. Tausende, sagt Krowinn heute, seien in den Jahren an ihm vorbeigezogen, 140 Veranstaltungen habe man im Jahr gehabt. »In Berlin«, sagt Annegret Gollin, »sprießen die Dichter aus dem Boden, da kannste zugucken.«

Gleich um die Ecke, in der Vorbergstraße, hatte die junge Frau einen kleinen Laden mit dem Namen »Rauchzeichen«, Buchhandlung und Vertrieb für Selbst- und Kleinverleger. Auch da saß man abends zusammen, auch da war Gehret dabei. »Wir hatten alle die gleiche Spinne«, sagt Annegret Gollin. »Wir glaubten, die großen Literaten zu sein, Verrückte, die dachten, sie machen hier die neue Literatur.« Einmal veranstalteten sie in der Oranienstraße 58, wo früher der Kommunistische Bund Westdeutschland seine Zentrale hatte, eine Serie von Abenden unter dem Titel »Berliner, das ist Euer Schwindel«. Man wollte dadaistisch sein, hatte ein »Bruitistisches Ballett« im Programm und besprach die Frage »Ist Sozialismus Literatur?« Gehret las, die Augen rot-weiß-blau umringt, »Aus dem Gesamtwerk«. Mancher hat in dieser Atmosphäre aus Hilflosigkeit und Enthusiasmus Schlüsselerlebnisse gehabt, die Lehrerin Sigrun Casper zum Beispiel, die im Literaturcafé »meine Geburt als Schriftstellerin« erlebte, als einer ihrer Texte dort heftigen Beifall fand.

Sonst dominiert das Scheitern. Wer das »Rauchzeichen« sucht, findet einen EDV-Laden, denn nach einigen Jahren gab Annegret Gollin unter einem Berg von Werken über Kochtöpfe, Kanarienvögel und Kriegserlebnisse resigniert auf. Aus dem Literaturcafé ist das schnieke kleine »Café Belmundo« geworden. In der Oranienstraße 58 lassen Arbeiter einer Renovierungsfirma Schutt durch einen großen grünen Kunststoff-Rüssel in ihre Container rasseln. Nebenan ist der U-Bahnhof Moritzplatz. Auch dort unten haben Krowinn und Kollegen laut ihre Texte vorgelesen. Straßenmaler und -musikanten? Warum nicht Straßenliteratur? Passiert sei aber, sagt er, leider nichts.

In einem kleinen Zimmer in Berlin sitzt ein Mann und bearbeitet, was man in Gehrets Wohnung fand. Schreibt Text auf Text in einen Computer und läßt rasselnd den Drucker laufen. Schaufelt Worte hin und her und sagt, er sei manchmal »abgründig traurig, weil das eine Geschichte ist, wie man sich verpaßt hat«. Dann wieder habe er »so eine Wut gegen den: Warum hast du mir das nicht gesagt?« Paul Schuster, der in Siebenbürgen ein bekannter Schriftsteller war und seit 1974 in Berlin im Exil lebt, veranstaltet Kurse im literarischen Schreiben, und bei denen hat auch Gehret mitgemacht, als, wie Schuster sagt, »ganz normaler Teilnehmer, der ein bissel bizarr aussah und der regelmäßig den Vogel abgeschossen hat, wenn er vorlas«. Was er sonst schrieb, erwähnte er nicht. »Er hat sich nicht getraut, mir diese verrückten Texte zu zeigen. Er hat gezweifelt.« Heute sitzt Schuster darüber wie »ein Bergmann an einem Wahnsinnsflöz«, und alle paar Wochen macht er neue »sensationelle Entdeckungen«. Natürlich will er davon was veröffentlichen, wenigstens jetzt, ja, natürlich, was denn sonst?

»Egal, ich will mein Haupt erheben aus dem Meer der zahllosen Literaten... Wer weiß, vielleicht bringe ich es doch noch als Schriftsteller« – das war eine der letzten Tagebuch-Eintragungen Gehrets. Am 29. März 1986 sollte er in einer von seinem Freund Krowinn organisierten »Literaturnacht« zum erstenmal vor größerem Publikum lesen. Diese Aussicht beherrschte ihn. »Seltsam, wie mir der Gedanke an die Lesenacht die Glut ins Gesicht treibt! Ich werde lesen! Und ich will alle in den Schatten stellen. Jawoll!« Dann wieder: »Mit dem, was ich bisher in der Mappe habe, traue ich mir nicht zu, die anderen Autoren der Literaturnacht in den Schatten zu stellen.« Schließlich: »Klar, ich kann nicht ewig mit dem schmalen Repertoire von Sex, Blut, Scheiße und farbigen Schmetterlingen protzen. Das nützt sich ab. Aber in meinen 14 Ordnern stecken genug inventiones, um nicht nur während der Literaturnacht am 29. März den Vogel abzuschießen.«

Das schrieb er im Krankenhaus. Schon Anfang März war er zur Notaufnahme eines Berliner Hospitals gebracht worden, nachdem er seiner Schwester telefonisch mitgeteilt hatte, er habe eine schwere Grippe, könne weder gehen noch stehen, sprechen, heizen. Das Krankenhaus nahm ihn nicht auf. Gehret lag zwei Tage und Nächte apathisch in der Wohnung, landete schließlich doch mit doppelseitiger Lungenentzündung und völlig entgleistem Stoffwechsel in einem anderen Krankenhaus. Seinem Drängen folgend, entließ man ihn am Tag der Lesung, die er mit Beifall hinter sich brachte.

Drei Wochen später, wieder krank, verließ er seinen Arbeitsplatz und wurde von niemandem mehr lebend gesehen. Seinem eigenen Diabetes-Tagebuch war zu entnehmen, daß er seine Blutzuckerwerte nicht mehr in den Griff bekommen hatte. Wahrscheinlich sank er langsam in ein Koma, desorientiert durch abnehmenden Blutzucker, geschwächt durch fehlende Nahrungsaufnahme. Gehret starb mit 36 Jahren in der Anonymität der Stadt, in die er geflüchtet war, an der Diabetes, die er sich selbst beigebracht hatte. Man fand ihn vor dem Schrank mit den Insulinspritzen, auf dem Rücken liegend, die Arme ausgebreitet, der Gesichtsausdruck ruhig und entspannt.

Wolfgang – so issa

Es war elf Uhr morgens, und wir waren allein in Wolfgangs kleiner Kneipe: Paul und ich und die Dame hinter der Theke. Paul bestellte ein kleines Bier. Ich sagte: »Für mich auch eins.« Im Fenster hing ein gelbes Schild, auf das jemand in roter Farbe gepinselt hatte: »Hier fährt Wolfgangs Futschi-Expreß. Doppelstöckig 3,– DM. Ab geht die wilde Fahrt.« Hier drinnen war es aber ganz ruhig. Ich hörte den großen, weißen Kühlschrank summen und sah an dessen Tür einen schwarz-rot-goldenen Aufkleber, auf dem in großen Buchstaben die Worte »Fressen, Ficken, Fernsehen« standen. Dahinter hing an der Wand ein Zettel. Ich las: »Ganz Deutschland ist ein Irrenhaus, aber hier ist die Zentrale.« Paul sagte, gleich um die Ecke habe Botho Strauß eine Wohnung, nur einen Block weiter finde man den Langenscheidt-Verlag, und wenn man die Gleise der Berliner S-Bahn hinter dem Haus überquere, sei man schon in Kreuzberg. Hier war Schöneberg, aber das ändert nicht viel. Es sind die gleichen Häuser, entweder kurz vor dem Verfall oder gerade frisch saniert, dazwischen nichts.

Ich wollte noch fragen, ob Botho Strauß nicht mittlerweile genug Geld für eine Wohnung in besserer Gegend..., aber die Biere waren fertig. Paul bestellte noch einen Fernet dazu. Die Dame hinter der Theke war nicht mürrisch, aber es schien ihr egal zu sein, ob wir nun da waren oder nicht. Sie trug ein enges schwarzes Kleid mit einem breiten, schwarzen Gürtel, und ihre Ohrclips waren groß und rot. Dem Gesicht dazwischen sah man die Jahr für Jahr wiederholten Versuche an, in drei Wochen Gran Canaria die Spuren von 49 Wochen Schöneberg zu tilgen. Der Fernet war in einer großen, hohen, schmalen Flasche, und Paul sagte, er kenne sich da aus: Warum denn der Fernet nicht in einer Fernet-Flasche sei. Aus dem kleinen Gesicht schoß ein erstaunter Blick über den Tresen, und der Schöneberger Mund sagte: »Wir füllen alle Schnäpse in solche Flaschen, det is wejen det Ablitern.«

»Ablitern?« fragte Paul.

»Wissen Se nich, wat ablitern is?« Wirklich nicht? Wisse doch jeder. Sie erklärte es trotzdem. Auf der Rückseite der Flasche befand sich eine Skala, auf der man ablesen konnte, wie viele Schnapsportionen noch drin waren. Wenn die Dame um zwei nach Hause geht, wird ihre Nachfolgerin dies Flasche für Flasche überprüfen und notieren. Der Zettel wird dreimal am Tag von Schicht zu Schicht weitergegeben, denn die kleine Kneipe hat 24 Stunden am Tag geöffnet, und man vertraut einander nicht besonders. So sei es aber überall, sagte die Dame.

Ein Herr betrat das Lokal, und Paul fragte ihn gleich mal, ob er sich unter »Ablitern« etwas vorstellen könne. Der Herr, dessen Aussprache stark dadurch beeinträchtigt war, daß ihm die obere Zahnreihe vorn fehlte, sagte, er sei jetzt dreizehn Jahre lang »in Westdeutschland« gewesen, aber ablitern – nie gehört. Wir erklärten ausführlich und ein bißchen umständlich die Sachlage, und plötzlich sagte der Mann: »Ach so, ablitern meinen Sie.« Paul notierte das Wort auf einem Bierdeckel, denn er wollte es nie wieder vergessen. Der Herr, der sich neben uns an den Tresen setzte, bestellte ein kleines Bier. Die Dame sagte mit nachdenklicher Stimme: »Et jibbt jetzt een Problem: Ick habe nur zwee kleene Jläsa.« Erstaunt erwiderte der Herr: »Det jibbs doch nich!«

Dann ging es los: »Wie oft ha' ick det den Wolfgang schon jesacht, det zwee kleene Jläsa nich reichen. ›Solln se doch jroße Biere trinken‹, sachta denn. So issa, vastehn Se? Neulich hat sich ma een Jast beschwert, da hatta zu den jesacht: ›Wat wolln Se denn. Sind sieben Kneipen in diese Straße, müssen ja nich bei mir sitzen.‹ So issa. Wat wolln Se machen?« Paul trank sein Glas leer und stellte es dem Herrn zur Verfügung. Ich dachte, daß es in keiner Stadt so viele Kneipen gibt wie in Berlin und daß man nur die Zahl der Straßen der Stadt mit sieben multiplizieren müßte, um genau zu wissen, wie viele es sind. Madame redete weiter. Zwei Jahre sei sie schon hier, und immer wieder werde sie gefragt, wie sie das überhaupt so lange aushalte in der Kneipe. Die meisten Schnäpse würden ja jetzt schon mit dem Computer abgelitert, »aba mit Likör jeht det natürlich nich, vaklebt ja allet, det süße Zeuch«.

»Ablitern mit dem Computer?« fragte Paul.

Wirklich stand da neben den Schnapsflaschen ein elektronisches Gerät, das ich bisher für den Befehlsstand einer Stereoanlage gehalten hatte. Es war aber eine Art halbautomatischer Schnapsflaschenmelkanlage. Man stülpte über die Öffnung der Flasche einen Ring, der über ein Kabel mit dem Rechner verbunden war, und der Apparat dosierte die Flüssigkeit. Den Herrn, der dreizehn Jahre lang in Westdeutschland gewesen war, erboste der Anblick des Gerätes sehr. »Hier«, rief er, »könnt' ich nich arbeiten.« Irgendwo müsse es doch noch Eckchen ohne Computer geben, wenigstens in der Kneipe. Dann bestellte er einen Korn, weil er sehen wollte, wie der Apparat funktioniert. Aus der Zahl 50 auf der Anzeigeskala wurde eine 51.

»Ick trinke ja nur Bols«, sagte Wolfgangs Angestellte, »aba man muß nüchtan sein für det Jerät. Wenn Se det nich richtich bedien', fängta an zu schummeln. Wat wolln Se machen, Vatrauen wär mir ooch lieba. Jeht aba nich. Neulich hatten wa ne Zeitlang eene hier zum Bedien', die brachte imma ne Flasche Weinbrand mit. ›Is für mich‹, hat se jesacht, ›ick trinke bloß Weinbrand!‹ Jeden Abend war die Flasche leer, aba sie war nüchtan.« Mir fiel ein, daß mal jemand in einem Buch über Berlin geschrieben hatte, die Berlinerin sei eine Mischung aus Bauernschläue und Naivität. Schien doch ein Kenner zu sein.

Paul fragte schnell, ob er nicht ein kleines Bier in einem großen Glas haben könne, aber die Gedanken zwischen den beiden Ohrclips waren schon in die Küche gewandert, wo Wolfgangs Gesetzen zufolge aus einem Beutel mit Kaffee sieben Tassen Kaffee zu brühen und zu verkaufen waren. »Aba nu wird ja manchmal wenich Kaffee jetrunken, nachts zum Beispiel, denn vadampft natürlich det Wassa. Neulich war mal eene Bedienung da, die schrieb denn uff: ›Eine Tasse Kaffee verdampft‹. ›Na jut, is in Ordnung‹, hat Wolfgang jesacht. Nächsten Tach warn schon zwee Tassen vadampft. Da hatta zu mir jesacht: ›Jetzt wart' ick noch, bis et drei sind, denn vadampft die aba hier.‹«

Wolfgang, dachte ich, so issa. Ob er noch käme? Paul hatte jetzt mein Glas übernommen und ich hatte das von unserem Nachbarn an der Theke. Wir begannen die Frage zu erörtern, was passieren würde, wenn abends jemand eine Lokalrunde mit kleinen Bieren ausgeben wollte. Der Herr neben mir vertrat die These, Lokalrunden mit kleinen Bieren seien ein Ausdruck von Kleinlichkeit, während ich behauptete, es sei ja wohl großzügig genug, überhaupt Lokalrunden zu finanzieren. Die Stimme hinter dem Tresen beendete die Debatte mit der Feststellung: »Ick trinke nur Flaschenbier.« Außerdem hatten wir ja die Geschichte mit dem Käse noch nicht gehört. Das war so: »Eines Tages fehlte imma Käse im Kühlschrank. ›Da fehlt doch Käse‹, hat Wolfgang imma jesacht, ›da fehlt Käse‹. Ewich jammata: ›Der Käse is wech‹. Det war aba ooch extrem. Na, ick wußte ja, wer det war, ick hab se ja imma kauen sehn. Aba ick habe nüscht jesacht, sollta ma selba druff komm'. Wat hatta jemacht? Eines Tages hatta ne Mausefalle in' Kühlschrank jestellt. So issa.« Wolfgang kann aber auch anders sein. »Neulich hatt' ick so ein Hunga, da ha' ick mir zwee Eia aus'n Kühlschrank jenomm. Abends ha' ick denn Wolfgang jefracht: ›Soll ick dir die nu bezahlen, oda soll ick zwee neue mitbringen?‹ ›Ach, laß ma‹, hatta da jesacht, ›die zwee Eia, is doch ejal.‹ So issa denn ooch wieda.«

Ach, Wolfgang. Gibst Gesetze und läßt doch auch Gnade walten! Bist so hart und kannst doch auch so weich sein! Leise trällernd rief uns der Spielautomat aus der Ecke. An der Wand hingen Pappteller, auf denen »Pizza-Toast« angepriesen wurde. Das Telefon klingelte, und wir bekamen eine leise Ahnung vom Leben der Dame in Schwarz außerhalb der Räume, in denen Wolfgang herrschte, denn ihr letzter Satz lautete: »Und um zehn nach zwei setzte denn det Wassa uff, ja?« Mein Nachbar nahm noch einen Korn, und während der Computer an der Bommerlunder-Flasche saugte, sagte unsere Bedienung: »Heute is det Ding jut einjestellt. Ham sich wohl mal wieda Jäste bei ihm beschwert.«

Dann begann der Herr neben mir eine lange Geschichte aus seiner Jugend zu erzählen, der es mit zunehmender Zeit immer deutlicher an einer Pointe fehlte, weshalb er einfach abbrach und statt dessen ein wenig auf die heutige Jugend schimpfte, die nur von »Null Bock« rede. Er selbst sei nun vierzig Jahre alt, aber mit ihm könne man doch Pferde stehlen. Madame schaute zum Fenster und sagte: »Na jut, aba wo jibbt et hier noch Pferde?«

Wir gingen. Zwei kleine Bier, aber ich fühlte mich total besoffen.

Die kleinen Laster des Mf. 369

DIE GEHEIMEN LEIDENSCHAFTEN des Doktor Vau wurden mir bei einem Gespräch mit seiner Freundin bekannt. Doktor Vau hatte ich als Computerspezialisten kennengelernt. Wenn wir uns trafen, erörterten wir auf langen Waldspaziergängen die Zukunft von Hard- und Software, diskutierten die Lage auf bestimmten Marktsegmenten der Rechnerbranche und besprachen, wie die Firma, bei der Vau in nicht unbedeutender Position beschäftigt ist, auf dem Fernmeldesektor besser ins Geschäft kommen könnte. Das heißt, im Grunde genommen erörterte, diskutierte und besprach lediglich Doktor Vau. Ich selbst verstehe nichts von Computern. Ich gehe bloß gern spazieren.

Eines Tages aber saßen wir in seiner Berliner Wohnung und tranken Kaffee. Als Doktor Vau gerade einige Thesen zur Informatikerausbildung in Singapur erläutern wollte, riß seine Freundin das Gespräch plötzlich entschlossen an sich, indem sie laut über die Enge der gemeinsamen Wohnung zu klagen anhob, auf einen Wäschestapel in der Ecke hinwies und sagte, nicht einmal die Klamotten bringe sie noch in den

Schränken unter. Alles sei voll mit dieser Sammlung, diesen Autos.

Diese Sammlung? Diese Autos?

Die Gastgeberin öffnete die Schublade eines Vertikos. Diese war randvoll mit kleinen, in rechteckige, durchsichtige Zelluloidschachteln verpackten Autos. Sie öffnete die Türen des Schränkchens. Dort standen Lastwagen in Schachteln übereinander, Möbelautos, Bananentransporter, Bierlaster, jeder etwa so lang wie mein Zeigefinger. Sie öffnete Türen und Schubladen eines Schreibtisches an der Wand. Ein kleiner gelber Wagen fiel heraus, der sich aus einem Stapel Hunderter anderer gelber Postfahrzeuge gelöst hatte. Sie öffnete die Schlafzimmertür, und ich sah, daß Vitrinen mit kleinen Löschfahrzeugen an der Wand befestigt waren, lange Löschzüge, die Feuerwehren mehrerer Großstädte. Darunter stand ein etwa schulterhoher Schrank. Vaus Freundin öffnete ihn nicht mehr, sondern sagte nur: »Da auch!« Dann zog sie mit einem Ruck die Schublade des Nachtschranks auf. Einige Cabriolets von halber Daumenlänge rollten durcheinander, hektisch wie aufgeschreckte Kakerlaken. Hinter mir rief schrill, wie ich ihn nie zuvor gehört hatte, der Doktor Vau: »Vorsicht!« Fast warf er sich vor den Wagenpark: Die Karossen könnten doch zerkratzen, die Außenspiegel abbrechen, die Windschutzscheiben splittern...

Vau gestand, über zweitausend dieser kleinen Modelle zu besitzen. Er sammle sie seit mehr als zehn Jahren, ja, er sei Mitglied eines Klubs, der mehr als zweitausend Mitglieder habe, welche ihrerseits ausschließlich kleine Autos des HO-Maßstabs sammelten. HO heißt: Ein Zentimeter Modell entspricht 87 Zentimetern Wirklichkeit. Die Autos waren mir übrigens bekannt. Sie standen ähnlich vor Jahrzehnten auf meiner Modelleisenbahn und stammten von der Firma *Wi-*

king. Schon damals hatte ich einen Freund, der ungefähr fünfzig Feuerwehrautos besaß. Ich hatte bloß drei, nicht einmal einen ganzen Löschzug. Mein Freund hieß Uli und war zehn Jahre alt. Doktor Vau wird bald 40. Er hat auch einen Freund, der Feuerwehrautos sammelt. Der ist Anästhesist an einem Hamburger Krankenhaus und hat sich auf den Umbau von *Wiking*-Autos zu noch schöneren, detailreicheren Modellen spezialisiert. Wenn man da durch das Fenster eines Einsatzwagens spähe, schwärmte Vau, könne man, fein aufgereiht, die kleinen Atemschutzmasken erkennen.

Was Erwachsene doch aus kleinen Autos machen! Noch erstaunlicher ist aber, was kleine Autos aus Erwachsenen machen können: Besessene, die jedes Original nur als mögliches Modell zu sehen imstande sind. »Die Firma Bahlsen unterhält in ihrem Werk 3 in Barsinghausen eine Betriebsfeuerwehr, deren Fahrzeug für den Feuerwehrfan wohl einen ebensolchen Leckerbissen darstellt wie für einen Feinschmecker die bekannten Backwaren.« Das las ich in der Zeitschrift *Feuerwehr & Modell*, von der Doktor Vau sich keine Ausgabe entgehen läßt. Eine Subkultur ist da entstanden, eine Branche des Hobbyismus, abgespalten von der Fraktion der Modelleisenbahner, die Autos nur als Beiwerk eines öffentlichen Verkehrsmittels dulden.

Ich beschloß, mich einer solchen Bewegung nicht zu verschließen, holte meine alten Autos vom Dachboden und beantragte die Mitgliedschaft im C.A.M., dem Club der HO-Auto-Modellfreunde. Man nahm mich auf als Modellfreund Nr. 369 (Mf. 369), und ich begann, unter den Berliner Modellfreunden Kontakte zu knüpfen. »Es müssen«, sagte einer von ihnen, »Hunderttausende sein.« Anders seien die Umsätze der Modellbaufirmen nicht zu erklären. »Früher habe ich immer gedacht, ich bin der einzige«, sagte ein anderer. »Ich habe mich bloß immer gewundert, warum die Autos so schnell ausverkauft waren. Ich wußte ja nicht, daß es so viele Verrückte gibt.« Als er 1975 den Klub gegründet habe, sagt Hans-Jürgen Falldorf (Mf. 001), unser Vorsitzender, »hat sich noch keiner getraut, öffentlich zu sagen, er sammle solche Autos«. Das ist vorbei. Oder doch nicht ganz? Im Schwarzwald, sagt Falldorf, wisse er zum Beispiel einen Mann, »der traut sich nicht mal seinen Eltern zu sagen, daß er Autos sammelt«.

Ein Einzelfall? Wer weiß das schon! Da sitzt der Doktor Vau daheim inmitten Tausender kleiner Autos, und keiner ahnt es. Da gibt es Leute, die alles wissen über den Umbau kleiner Feuerwehrfahrzeuge, und keiner kennt sie. Da fertigen große wissenschaftliche Institute ständig neue, besorgte Jugendstudien an, und im Keller sitzen die Erwachsenen und malen Zinnsoldaten an, entwerfen Fahrpläne für die Modelleisenbahn oder sortieren vertrocknete Käfer. Die Autos sind ja nur ein Beispiel. Es gibt Volksbewegungen, die registrieren bloß die Spielwarenhändler.

Herr Pietsch zum Beispiel. Herr Pietsch hat einen Laden in Berlin-Kreuzberg, einen Laden, so vollgepackt mit Modelleisenbahnen und -autos, daß man erst nach einigem Suchen hinter Schachteln und Kisten auf dem Tresen ein Gesicht erkennen kann.

»Guten Tag. Sind Sie Herr Pietsch?«

»Nee, ick seh bloß so aus.«

Herr Pietsch ist hinten im Lager und packt eine Lieferung Modellautos aus. Er sagt: »Der Markt ist explodiert.« Früher habe er vorwiegend Eisenbahnen verkauft und irgendwo in der Ecke ein Schränkchen für die Autos freigehalten. Irgendwann aber seien manchen Leuten offenbar die Gleisanlagen, mit denen Erwachsene sich bekanntlich seit längerem beschäftigen, zu groß geworden für ihre Dreizimmerwohnungen. Immer mehr von ihnen hätten plötzlich bloß noch Autos gekauft, und heute hat Herr Pietsch meterweise, schrankeweise Autos. Ein Kollege von ihm, der Händler Heinsohn in Moabit, hat sogar ein richtiges Abonnement eingerichtet. Wer das hat, bekommt alle neuerscheinenden Fahrzeuge in einen Karton gelegt und zugeschickt. Falls er nicht selbst vorbeikommt. Bei Heinsohn im Hinterzimmer treffen sich samstags die, deren Wort in der Szene etwas gilt.

Der richtige Sammler läßt es dabei nicht bewenden. Doktor Vau hat erst kürzlich in einer New Yorker Seitenstraße einige rare Wagen entdeckt, »der totale Flipp-Aus, ich sag's dir«. Man muß sich umtun, denn die Preise sind gestiegen. Es gibt Kataloge für die alten Modelle, und die Preise gehen bei manchen Stücken, die gleich nach dem Krieg gebaut wurden, bis über tausend Mark. Man kann kleine Autos, wenn man will, unterscheiden wie Briefmarken. Man muß nur genau hinschauen. Allein beim VW-Käfer kennt ein einschlägiges Werk 134 Versionen, ob mit oder ohne Scheibenwischerchen, ob mit schmaler oder breiter Leuchte hinten, ob kieferngrün oder umbragrau. Und alles will gesammelt sein.

Denn für die Sammlung zählt nur eins: Vollständigkeit. Weil immer mehr Firmen kleine Autos bauen und es also immer mehr kleine Autos gibt, kann kaum jemand sie noch alle sammeln. Man spezialisiert sich. Dann hat man zwar nicht alles, aber das bißchen, was man hat, ist vollständig. »Der ganze Blaulichtmarkt ist auch explodiert«, sagt Herr Pietsch zu diesem Thema. Viele Leute sammeln nur noch Autos mit Blaulicht obendrauf, Polizei oder Feuerwehr. Andere kaufen bloß Omnibusse oder Postautos oder Coca-Cola-Lieferwagen oder Volvo-Lastzüge.

Ach, grausames, grausames Prinzip! »Zuerst kommt die Leidenschaft und dann die Sucht und dann die Krankheit«, sagt Klaus-Dieter Hinkelmann, der die Firma Wiking leitet, und berichtet von glücklichen Ehen, die unter die kleinen Räder aus seiner Fabrikation kamen. »Wenn Sie jahrelang einem Auto hinterherlaufen, dann sind Sie so fanatisiert«, sagt ein Betroffener, dann könne man für nichts mehr garantieren. »Es wird schnell mal zugegriffen«, erläutert Heinz Gerasch, der schon oft ein Stück schmerzlich vermißte, wenn er mal drei, vier Freunden die Sammlung gezeigt hatte. »Die können nicht widerstehen. Und dann sagen Se mal, wer's war.« Gerasch hat zum Beispiel einen Leichenwagen mit abnehmbarem Verdeck, und als er neulich mal ebendieses Dach herunternahm – da war der Sarg weg.

Heinz Gerasch ist ein Sammler der ersten Stunde, und mein Freund, der Doktor Vau, ist ein ganz kleiner Fisch gegen ihn. Rund 7000 Autos stehen in Geraschs Wohnung, die Wände rauf, die Wände runter, in Schränken und Vitrinen, auf Tischen und Kommoden – zwei Zimmer nur mit Autos. Den Zirkus Sarrasani hat er zweimal, mit Kassenhäuschen und Toilettenwagen, mit seinen Landmaschinen könnte man ganze Kolchosen bewirtschaften, und einen umfangreichen Autorennstall hat er auch. »Hier könn' Se tagelang kieken«, sagt Gerasch und wischt sich mit einem weichen lila Kosmetik-Pinsel durchs Gesicht, um zu zeigen, womit er den Staub bekämpft, »denn det iss eben der jroße Jegner, der Staub«.

Heinz Gerasch hat alles, auch wenn man es nicht gleich sieht. »Die alten Feuerwehren von Wiking stehen ganz hinten im Schrank«, sagt er, »weil sie so häßlich sind. Aba man muß se ja haben.« Heinz Gerasch weiß auch alles. »Bei Kaisers war die Post blau, bei Weimars gelb, bei Hitlers rot. Det iss det, wat die wenichsten noch wissen.« Im Schrank steht ein roter Postwagen, und an der Tür ist deutlich ein Hakenkreuz zu erkennen. »Da hat olle Galinski seinerzeit zwee Jahre jebraucht, bissa det jemerkt hat«, sagt Gerasch. Heinz Galinski ist der Vorsitzende der Jüdischen Gemeinde zu Berlin. Er hat gute Gründe, auf so etwas zu achten, und das Kreuz mußte in einen Punkt verwandelt werden. »Wat soll ick machen«, sagt Gerasch betrübt, »et iss nu mal det Original. Ick kann doch die zwölf Jahre nich aussparen in meine Sammlung.«

»Man liebt die Modelle einfach«, sagt er. »Ick könnte mich von keines trennen.« Hunderttausend Mark habe ihm mal ein Metzger für die Sammlung geboten, die hätten Geld, das wisse man ja. »Aba nach fünf Jahren sind die Hunderttausend zu Ende. Und dann hab ick keene Autos mehr.« Etwas muß der Mensch doch sammeln, oder? Sein Sohn zum Beispiel sammle alles, was irgendwie mit dem Zeichen BMW versehen sei: Gläser, Taschentücher, Ringe, man glaube ja gar nicht, was da so zusammenkomme. Ob ich das mal sehen wolle? Es sei gleich um die Ecke.

In deutschen Hobbykellern muß man mit allem rechnen. Otto Münnix fällt mir ein. Bei dem hatten wir lange über die Oberflächenqualität von Plastikautos geredet (»Sehen Sie, hier ist das Finish besser«), bis Herr Münnix dann einen kleinen orangefarbenen Vorhang beiseitezog, hinter dem ein Kompressor sichtbar wurde. Mit dem ließ sich eine kleine Spritzpistole zum millimetergenauen Lackieren von Modellen betreiben. Und an den Modellfreund Peter Rother muß ich denken, den Manager des C.A.M., dem ich in einem Neuköllner Hinterzimmer begegnete, der Geschäftsstelle des Klubs. Auf einen Modellkran in der Ecke hatte er gezeigt und gesagt: »So ein Kran, das ist meine Welt.« Kräne muß man nämlich zusammenbauen, und Zusammenbauen ist Peter Rothers Spezialität. Darüber schreibt er in der Zeitschrift des Klubs eine Kolumne, in der Modelle ausschließlich auf ihre Möglichkeiten hin bewertet werden, auseinandergenommen und umgebaut zu werden.

Zum Beispiel: »Wie bei allen Brekina-Lkw-Modellen muß das Chassis vorsichtig abgehebelt werden, da besonders der vordere Zapfen zum Abbrechen neigt. Das graue Dach kann man leicht abnehmen. Beim Abnehmen des Arbeitsscheinwerfers muß beachtet werden, daß bei Brekina die Zapfen umgebogen werden. Was dies soll, weiß man wohl allein im Schwarzwald.« Was dann passieren kann, las ich in der Zeitschrift *blaulicht – Einsatzfahrzeuge in Vorbild und Modell*: »Alles wurde in einer Fummelarbeit eingepaßt, die manchmal wochenlang unterbrochen wurde, weil ich den ganzen Kram wütend in die Ecke geschmissen habe, da wieder mal nichts zusammenpaßte.«

So schwer kann Spielen sein. Spielen? Spielen denn Erwachsene?

Oh, das ist ein heikles Thema, noch viel geheimer als es das Modellautosammeln je war. Als ich mit Doktor Vau wieder einmal auf dem Fußboden vor dem Nachtschrank kniete und er mir den Wandel der Windschutzscheibe beim VW-Cabrio in einigen konkreten Beispielen erläuterte, sagte er, daß er selbstverständlich nie mit den Autos spielen würde. Allenfalls stelle er sie auf den Tisch, denn er könne sich »an der Maßstabstreue echt sattsehen«. Und Otto Münnix hatte ja auch gesagt, im C.A.M. seien »alles ernsthafte Männer, auch Doktoren sind darunter, die spielen bestimmt nicht damit. Man pflegt sie, man sortiert sie, man freut sich, daß man sie hat. Sie geben einem das Gefühl irgendeiner Vollständigkeit.« Aber spielen? Nie!

Und wenn doch?

»Im Jeiste spiel' ick mit die Dinga«, hat Heinz Gerasch gesagt, und manchmal sei plötzlich ein leises »Brrumm, brrrumm« zu hören. Erwachsene haben sich selbst das Spielen streng verboten, und deshalb halten sie es vor sich selbst geheim.

Aber manchmal erwischen sie sich doch. Peter Rother sagt: »Ich ertappe mich dabei, daß ich damit spiele. Und ich schäme mich nicht mal. Mit einemmal ist man dabei und spielt Großbrand und merkt es erst nach einer halben Stunde.« Dann ist es zu spät. Hans-Jürgen Falldorf kennt einen Modellfreund in Holland, der spielt mit seinen Lastautos Spedition. Morgens schreibt er an der Maschine die Frachtbriefe, dann fahren die Autos los, immer im Zimmer herum. Auf einer Europakarte werden die Ziele markiert, damit der Chef den Überblick nicht verliert. Und dann waren da auch früher die Freunde in der DDR, die sich samstags immer zum Spielen in einer Modellandschaft trafen. Wenn Falldorf dazukam, stand stets am Flughafen eine schwarze Limousine parat für den Botschafter des C.A.M., und die Klubfahne war auch aufgezogen. »Ich konnte doch nicht nein sagen«, sagt Falldorf. »Die hätten mich sonst für verrückt erklärt.« Wenn alle verrückt sind, warum soll man dann unbedingt normal bleiben?

Jeder hat einen anderen Grund, Modellautos zu besitzen. Doktor Vau sagt, er fühle sich so »ruhig, friedlich und freundlich« in seiner kleinen Welt, denn hier bestimmt nur einer, und so schnell macht einem auch keiner was vor. Herr Pietsch hat hinten im Lager mal die These in den Raum gestellt, alle Menschen seien Sammler, und selbst die Sportler benutzen ihren Sport nur als Vorwand und Tarnung, um Medaillen zu sammeln. Otto Münnix sagt, für ihn sei die Sammlung »ein Heiligtum von Kindheitserinnerungen«. Und überhaupt: Ist ein lindgrünes DKW-Coupé vielleicht nicht schön?

Dann ist da noch das blöde Wort vom »Kind im Manne«.

Bitteschön: Welches Kind spielt denn noch mit Modellautos? Herr Pietsch klagt über Absatzprobleme bei Jugendlichen und der Verein über Nachwuchsmangel. Kinder beschäftigen sich mit Computern und mit Videos. In Wahrheit ist es so: Nicht das Kind im Manne spielt mit Autos, sondern der Mann im Kinde erkennt früh, was nützlich und gut ist. In diesem Fall haben manche Leute schnell bemerkt, daß die Modellautos, die ihnen früher fälschlicherweise als »Spielzeug« verkauft worden waren, in Wahrheit wertvolles Sammelgut sind, des Schweißes der edelsten Hobbyisten wert.

Deshalb sind die kleinen Autos überall, ganz bestimmt. Es soll eben nicht jeder wissen. Im Gehen, schon in der Tür, flüstert mir ein Modellfreund zu, auch der Weizsäcker solle ja welche haben und der Prinz Charles sowieso, er habe es erst neulich gehört. Ob ich im Laden die Sonderpackung mit den drei Omnibussen gesehen hätte, einer davon gegossen aus einer alten Form, fragte mich Doktor Vau bei unserem letzten Spaziergang.

Natürlich hatte ich sie gesehen.

»Und? Hast du sie dir gekauft?«

Ich nickte müde und sagte: »Ja.«

Vau lächelte dünn und sagte leise: »Das habe ich mir gedacht.«

I mog nimmer inkarnier'n

ALS ICH zu Koni, dem Telefon, kam, sagte er: »Sie sind mir geschickt worden. Ich habe eine Gänsehaut deswegen. Spüren Sie es auch? Hier!« Er legte die Zeige- und Mittelfinger an seine Schläfen.

Ich betrachtete die gebräunte, von kleinen Altersflecken bedeckte, straff über den Schädel gespannte Haut vor seinen Ohren. Nichts besonderes da. Eine Gänsehaut hätte ich nicht, antwortete ich. Vielleicht sei ich etwas nervös.

»Das ist etwas anderes«, sagte er kurz und hart, wandte sich ab und schloß die Wohnungstür hinter uns beiden.

Ich hatte ihn auf einer sehr merkwürdigen Messe kennengelernt, auf der esoterische Artikel und Dienstleistungen angeboten wurden: einen 70 Jahre alten Weißhaarigen in Wolljacke und brauner Hose, die zu kurz war und früher einmal eine Bügelfalte gehabt hatte. Diese Hose gab ihm etwas Ungelenkes, und ich vermutete dürre weiße Beine unter ihr. Er stand zwischen Kichererbsenbällchen, Tarot-Kartenlegerinnen, Rosenquarzen sowie dem Stand des Vereins für Fastenwandern. Neben ihm befand sich ein Tisch, auf dem sich schmale weiße Bücher stapelten, »Lehrbücher der Weissen Bruderschaft«. Sie hießen: »Hildegard von Bingen spricht aus dem Jenseits zu uns.« Oder: »Der Buddha Murat: Ich bin das, was man bei Euch die Maria nennt.« Koni, das Telefon, hatte mich damals am Ärmel gezupft und gesagt:

»Das kommt hier alles fertig bei mir an. Ich muß es nur noch aufschreiben und drucken lassen.«

»Kommt fertig an von wo?« fragte ich.

»Von drüben«, sagte er. Ich begriff, daß er das Jenseits meinte, nahm ein Buch in die Hand und blätterte. Dieses Buch hieß: »Das Einmaleins der Zukunft. Anweisungen über das Telefon Koni von meinem Bruder Kurt.«

Sein Bruder sei drüben ein ganz Großer, sagte Koni, das Telefon, er werde nächstes Jahr in Südamerika wiedergeboren. Bis dahin gebe er ihm laufend Bücher durch wie dieses. »Sie können das Satz für Satz lesen«, sagte Koni, das Telefon, »jeder steht für sich und ist eine Wahrheit.« Er griff in die Seiten, zeigte auf eine Passage und las sie schnell vor:

»Dies ist die Lehre von der möglichen Unmöglichkeit des menschlichen Geistes, wenn er nicht in sich die Ruhe als Weg und Ziel findet und eingesetzt hat. Die Ruhe aus dem Nichts, die Beständigkeit der geistigen Substanz löst sich irgendwie auf, und der Mensch hat sein ›Ich‹, sein unsterbliches ›Ich‹ noch nicht einmal gefunden, erkannt und erdacht.«

»Stimmt doch, oder?« sagte Koni, das Telefon.

Ich wußte nicht recht.

»Oder hier«, sagte er und ließ einen seiner langen Finger auf einem anderen Satz ruhen: »Die Welt hat schon vieles erlebt, aber in so einem Engpaß, so einem Loch, aus dem nichts mehr herauskommt, ist sie noch nie gewesen.«

Das leuchtete mir ein. Das Buch kostete 15 Mark, und ich kaufte es.

»Hier, das schenke ich Ihnen noch dazu«, sagte Koni, das Telefon. »Das hat mir der Shakespeare durchgegeben.« Er redete bayrisch. Hot mia da Schehkspier durchgeb'n.

»Der Shakespeare«, wiederholte ich langsam. Es waren elf Din A4-Seiten.

Ich las das Buch von Kurt auf dem Heimweg. Kurt gab manchmal nachts um 3.09 Uhr durch, dann wieder abends um 20.36 Uhr und morgens um 6.13 Uhr. Das stand immer dabei. Zum erstenmal hatte er sich am 13.10.1985 gemeldet und mitgeteilt: »Bin hier in gehobener Stellung, geistig schon eingeschult und in höherer Sphäre eingezogen.« Koni, dem Telefon, versprach er für künftige treue Dienste: »Als Arbeiter des Herrn hast du dann Protektion hier bei den großen Meistern, und du hast schon soviel gelernt und aufgenommen und damit beginnt wirklich eine neue Zeit für dich. Sei bereit, Bruderherz Koni!« Und: »Wir bilden mehr Konis aus. Wir setzen sie ein zu eurem Segen. Mögen auch Sitze und Mächte wackeln. Es ist notwendig.«

Ich dachte, daß auch ich gern einmal die Sitze wackeln lassen würde und die Mächte sowieso, und wie gern ich andererseits Protektion hätte bei den großen Meistern, deren Sitze nie wackeln würden, so daß gute Beziehungen zu ihnen wirklich verdammt nützlich sein könnten, später, drüben. Aber ich hatte Zweifel.

Wie sehr auch in Koni, dem Telefon, manchmal Zweifel war, erfuhr ich später aus einem anderen Buch: »Ich habe einen neuen Durchgeber. Ich zweifle, staune, Gottfried von Freienfels?? Ekkehart. Trotzdem schreibe ich. Oft habe ich das Schreiben schon eingestellt, weil ich meinte, daß ich zum Narren gehalten werde. Doch wir werden sehen. Ekkehart? Ja, ich gebe durch, Ekkehart... Ich bestätige, daß ich Ekkehart bin und gebe durch.«

Kurt beendete seine Durchsagen stets mit: »So, Koni. Das ist durch. Bist gut geworden, mein Bruder. Ich danke dir.« Oder: »Kurt war es, dein Bruderherz.« Oder: »Danke, Koni, nun nimm die Tropfen wieder.« Kurt war so praktisch. Er wies auf die Bedeutung von acht Stunden täglichen Schlafs hin und riet, man solle Steuern erlassen »auf Dinge, die äußerst geschont werden sollen«. Shakespeare redete anders. Er sagte:

»Gott, du Allerhabenheit, du Allsein, du Allicht, du Atmung, du Atmung von Sein und Ruhe, von Leben und Zurückziehung in Dir. Ich bin nichts und doch ›Ich bin‹ und Du bist das ›Ich bin‹.«

Klang anders als seine Dramen, dachte ich. Hatte er sie doch nicht selbst geschrieben? Wer dann? Hildegard von Bingen? Hatte der Buddha Murat sie einem, der Shakespeare hieß, durchtelefoniert? Das wollte ich wissen.

Also besuchte ich Koni, das Telefon, sank tief in sein Sofa, betrachtete einen Hirschkopf über mir und einen Hirschkopf an der Wand gegenüber und die Barockengel an den Wänden, große Barockengel, kleine Barockengel, füllige Barockengel mit goldenen Lendentüchern und rosa Haut, vielleicht 50 Stück in diesem Zimmer. Koni, das Telefon, war früher Koni, der Restaurator, gewesen und Koni, der Kunsthändler, aber irgendwann waren die Englein nur noch schlecht zu verkaufen gewesen. Sie seien einfach nicht mehr gegangen, sagte er, und so blieben sie eben bei ihm, sonst hätte er nicht so viele. Fast wie im Himmel war es ja hier, weich das Sofa und fett die Englein. So saßen wir, und über uns flogen sie dahin und sangen und trompeteten, und Koni, das Telefon, erzählte vom Jenseits.

Das Jenseits, sagte er, müsse man sich vorstellen wie einen großen Bahnhof, auf dem ständig Menschen ankämen und abgeholt würden: Du hierhin, du dorthin, Gleiche immer zu Gleichen, Böse zu Bösen, Gute zu Guten, Habichte zu Habichten, Lämmer zu Lämmern. Im Jenseits sei alles offen und durchsichtig. Man kenne jeden Gedanken seines Nachbarn, und ob einer ein Sauhund sei, das sehe man sofort und nicht erst, wenn es zu spät sei.

Sauhund zu Sauhund, dachte ich und versuchte mir vorzustellen, wie mich dermaleinst ein strammes, einmeterfünfundsechzig großes Engelchen abholen würde und wie ich sofort irgendwelche Schweinereien denken würde und wie das Engelchen gleich alles erraten würde und mich abliefern würde bei den Sauhunden.

Wie auf einem großen Bahnhof gehe es dort zu, wiederholte Koni, das Telefon: hektisch und eilig. Jüngst erst habe er mit einem gerade verstorbenen Freund gesprochen, der sich beklagte, er werde im Jenseits ständig herumgeschubst, immer nur herumgeschubst. Koni, das Telefon, hatte ihm geantwortet, das hätte er ihm gleich sagen können, er wisse das ja alles. Aber die meisten hier wollten es eben nicht wissen, wie es drüben zugehe, sonst würden sich wohl mehr Leute bei ihm erkundigen.

Die Englein flogen jetzt tiefer. Ich sank weiter in das Sofa, die Kissen schlugen über meinem Kopf zusammen. In einem früheren Leben war ich ein Habicht gewesen, und jetzt konnte ich mich nicht einmal mehr vom Sofa erheben.

»Woher wissen Sie das alles?« fragte ich.

Geöffnet, sagte Koni, das Telefon, er sei einer von 144 000 Geöffneten. Man müsse sich das vorstellen, als ob ein Loch in seinem Schädel sei, durch das ein Schlauch direkt in sein Hirn führe. Er empfange Texte und könne auch Fragen stellen. Ob er sich mal nach mir erkundigen solle drüben? Seine Finger lagen schon steil an den Schläfen, die Augen schlossen sich.

»Habt's ihr mir den g'schickt? Kennt's ihr den? Werd der bei eich g'führt?« murmelte er. Kam keine Antwort oder war gerade niemand zu sprechen? Jedenfalls redete er ganz plötzlich weiter wie vorher und kam nicht mehr darauf zurück, was man drüben über mich wisse. Vielleicht hatte man meine Akte nicht gleich finden können, dachte ich.

Er sei ja auch viele Male dort gewesen, sagte Koni, das Telefon. Oft habe er schon gelebt, oft sei er schon gestorben; vergiftet, erschlagen, ermordet nicht selten, weil er einer sei, der sich nie scheue, die Wahrheit zu sagen. Übergangslos verfiel er in eine lange Rede über das Militär und das Geld, beides verderblich-so-verderblich – ein langer Monolog, wie man ihn öfters zu erwarten hatte, das sollte ich noch lernen: ein Fluß von Sätzen, ineinander verschlungen, miteinander verwoben, dann wieder zerhackt, abgebrochen, mit Wortlücken. Das war ein Schimpfen, Wettern, Rufen, Sichhineinsteigern, bis Koni, das Telefon, irgendwann und irgendwie auf das Säbelrasseln deutscher Offiziere kam und auf der Ahornplatte seines Tisches ein Obstmesser wetzte zur Illustration. So wird es wohl sein, dachte ich, wenn Kurt ihn ruft oder der Buddha Murat und die Nachrichten ihn übermannen und die Bücher durchgegeben werden.

Vergiftet worden sei er um fünf nach Christus, »zu dessen Zeiten war ich auch dabei«.

Ich überlegte schnell, ob ich »Als was?« fragen sollte und fragte dann: »Als was?«

Er lehnte mittlerweile mit dem Rücken an einem Büffettschrank, auf dem weiße Bücher lagerten, und sagte: »Das sage ich Ihnen nicht, sonst halten Sie mich für einen Spinner.« Das sei sowieso immer sein Problem, daß er für einen Spinner gehalten werde. Aber später, viel später, das dürfe er schon mitteilen, sei er ein englischer Adliger gewesen, er wisse nicht mehr, wo und welchen Titels. Aber daß er eine französische Freundin gehabt habe, eine Sängerin – das habe er nicht vergessen. Drei Inkarnationen sei das nun schon wieder her. Mit der Sängerin habe er sein ganzes Geld durchgebracht, und im nächsten Leben habe er dafür ein Waisenkind sein müssen, Sohn eines französischen Soldaten (der lebte erst kürzlich mal wieder als religiöser Maler) und einer Polin, die ihn eben ins Waisenhaus steckte. Heimleiter war Herr Doktor Joseph Murphy, und Hildegard von Bingen war auch da, in einem späteren Leben übrigens seine Schwester in Rußland. So sieht man sich wieder.

Zehn Kinder hatte er damals, und Maurer war er von Beruf, und Katharina von Siena war seine Frau. Ein Bild von ihr hing an der Wand, zwischen Englein.

Auf dem Tisch stand eine Dose Iso-Drink und auf einem Vertiko eine gelbe Büchse mit Vollkornbrot, und mir fiel ein Satz von Kurt ein: »Ernährung ja, aber die richtige.« Kurt sei im Krieg von den Russen erschossen worden, sagte Koni, das Telefon. Er habe gut zeichnen können. Zwei Zeichnungen von ihm habe er noch, ein Mauserl und eine Kuh. Er wechselte übergangslos das Thema und erwähnte, daß er auch mit diesem Stein reden könne, der da auf dem Schrank zu sehen sei, ein faustgroßer runder Stein. Einmal habe er Christus gefragt: »Wie kommt es, daß der Stein mit mir redet, der versteht doch net bayrisch, der versteht doch net deutsch.« Da habe Christus geantwortet: »Aber dein Bewußtsein dringt in ihn ein.«

Für das, was Christus sagt, gibt es einen roten Plastikordner. Für Gespräche mit der eigenen Seele einen gelben.

Ich wollte doch nach Shakespeare fragen, Mensch!

Ein Heiliger war Koni, das Telefon, auch schon, zwischendurch mal. Einen Hellsichtigen kennt er, der war zu Christus'

Zeiten einer der zwölf Apostel, der Ungläubige Thomas. Heute heißt er auch Thomas, in diesem Leben. Zufall wahrscheinlich.

Im Nebenzimmer sind ja noch mal so viele Englein, sehe ich, und auf dem Tisch dort stehen Saatkästen mit Erde, aus denen kleine Pflanzen sprießen.

Als es dunkel wird, sickern ins Wohnzimmer Menschen ein wie jeden Mittwoch, zehn am Ende, wenn ich mich nicht verzählt habe. Manche waren schon mal da, manche nicht. Vor vierzehn Tagen erst haben sich hier zwei Frauen kennengelernt, die sich gleich bekannt vorkamen, warum auch nicht? Sie waren schon mal Großmutter und Enkelin, und nun sitzen sie bereits wieder nebeneinander. Ein Sofakissen weiter: der Mann hat schwarze Locken und eine Nickelbrille und ein blaues Sweatshirt, und er bekäme von mir eine Rolle in einem New Yorker Film, wenn er sich den fränkischen Akzent abgewöhnen würde, das blaue Shirt könnte er behalten, aber der Akzent müßte weg. Er war vor Jahrhunderten mit einer der Frauen verheiratet, der Enkelin, nicht der Großmutter.

Kennen wir uns nicht alle von irgendwoher?

Ich bleibe noch dreieinhalb Stunden, beschließe ich. Koni, das Telefon, hat ein Pendel, eine weiße Plastikperle am Ende einer kurzen goldenen Kette. Das schwingt und beantwortet Fragen. Diese kleine silberne Röhre in seiner Hand sei ein Kraftstoffsparer, sagt ein junger Mann, ob er etwas tauge? Das Jenseits verneint. »Ich weiß nicht«, sagt eine Frau, »meine Katze geht seit kurzem so merkwürdig.« Die Frau läßt ihre Hände nacheinander vor der Brust in die Luft stechen, einen Bogen beschreiben, wieder niederstechen, »wie der Storch im Salat«. Wir erheben uns, stellen uns in den jeweils linken Händen je einen Katzenkopf vor, den wir mit den rechten Händen streicheln; das könne helfen, sagt Koni, das Telefon, oder auch nicht. Später werden unsere Hände flach, und Energie fließt aus ihnen zu einer alten Dame, die Verspannungen im Rücken spürt, welche Koni, das Telefon, knetend lockert und lockernd knetet.

Die Enkelin hat einen Freund, der in der Psychiatrie gelandet ist,
das Pendel schwingt,
das Pendel kreist,
das Jenseits spricht,
man hört es nicht,
das Verhältnis zu seiner Oma war schon immer problematisch,
aber Koni, das Telefon, hört das Jenseits,
das Pendel schwingt,
das Pendel kreist,
Omi ist jetzt unter uns.
Das Pendel schwingt,
das Pendel kreist.
Koni fragt,
Omi antwortet, sie habe den Enkel besetzt.
Weiß sie denn nicht, daß sie das nicht darf?
Doch, das weiß sie – na also.
Das Pendel schwingt,
das Pendel kreist.
Omilein, gehst freiwillig 'naus?
So gehe es ja nicht.
Sonst hau i Di ins Kreiz!
Das Pendel schwingt, das Pendel kreist.
Es hängt in der linken Hand.
Die rechte fuchtelt plötzlich wild in der Luft herum.
Das Pendel schwingt,
das Pendel kreist.

...und Omi ist besiegt.
Ein Exorzismus.
Aber einer in Liebe, das ist nichts Schlimmes.
Das Zimmer schwingt,
das Zimmer kreist.
Das alles tun wir in dreieinhalb Stunden, vom Zuspruch für den Krebskranken noch gar nicht zu reden, der sich dank des Gebetes mittwochs vor einer Woche aufgerafft hat, zu einem Heiler auf die Philippinen zu fliegen.

Das Sofa hat drei Plätze, und ganz links sitzt eine Frau, welche auf 57 Jahre zu schätzen ist und sich aus prall gefülltem weißen Pullover und hellblauen Jeans nach unten in weiße Mokassins hinein zuspitzt; man würde ihr den Besitz eines Waschsalons zutrauen. Sie lebte ihr letztes Leben in Estland und starb 1892, sage das Jenseits, sagt Koni, das Telefon. Früher mal war sie, aber das weiß sie selbst schon, eine Priesterin an der Elfenbeinküste, schwarzmagisch aber hallo!, und grausam, so grausam, oh Gott! »Immer in die eigene Tasche gewirtschaftet«, sagt sie heiser und erkältet aus geschwollenem Gesicht, »ich war schlimm, so schlimm«. Das sei bis heute nicht gebüßt.

Wie büßt man eigentlich?

»Man muß sich vorstellen, man hat einen Kredit über 200000 Mark aufgenommen und muß ihn abzahlen und bekommt nur 15 Mark Stundenlohn«, sagt Koni, das Telefon. Manchmal sind die Sünden so schlimm, daß sich das jahrhundertelang nicht erledigen läßt – er kenne einen, der sei phönizischer Polizeioffizier gewesen: immer rein die Kohorten in die eroberten Städte und die Frauen vergewaltigt undsoweiter. Der büße noch heute, 3000 Jahre sei das her. Zur Zeit sei er Altenpfleger und müsse den alten Leuten die Scheiße wegmachen, soviel Scheiße, sagt Koni, das Telefon, soviel Scheiße, sage der Altenpfleger immer selbst, sagt Koni, das Telefon, und das alles, weil er mal Polizeioffizier war in Phönizien.

»I mog nimmer inkarnier'n«, seufzt die Waschsalonbesitzerin.

So gehe es ja auch nicht, sagt Koni, das Telefon, nicht mehr inkarnieren zu können, sei das Schlimmste überhaupt. Es sei für einen Geist so schlimm wie es für einen Menschen, der sterben wolle, schlimm sei, wenn man ihn jahrelang künstlich am Leben erhalte.

(Ich dachte, wie schön Kurt bezüglich der Wiedergeburt durchgegeben hatte: »Nun denkt nach. Nun seid einmal so gut, und stellt euch eure Lage vor, wenn ihr z. B. in 100 Jahren wiederkommen würdet. Die Erde verschmutzt von unten herauf. Das Meer eine unsaubere Chemiekloake, die Luft ein undurchdringbarer Schleier von grauem Dunst ohne Sonne, der Sauerstoffspiegel hat sich gesenkt und das gesamte Klima hat sich verändert. Die Natur bekommt nicht mehr das Ihre. Doch wenn die große Bombe kracht, dann fehlt sogar die Luft zum Atmen.« Hey, wenn wir jetzt alle, auch der Umweltminister und die Chemiefirmen, sofort an die Wiedergeburt glauben würden, ob sich dann noch was ändern ließe?!)

Ja, aber, sie müsse nicht mehr inkarnieren, sie habe das schon hinter sich, das Programm sei abgeschlossen, sie wisse es zuverlässig, sagt die Waschsalonbesitzerin.

Vielleicht komme sie freiwillig wieder, sagt Koni, das Telefon. Wenn da ein Komitee sitze und sie herzlich bitte, da werde sie sich bestimmt nicht entziehen wollen.

Ja, schon, nein, vielleicht nicht, antwortet die Waschsalonbesitzerin, aber eher doch nicht, es reiche ihr wirklich.

Ich wollte endlich nach Shakespeare fragen. Aber gehörte das noch hierher?

Die Geister seien immer zwischen uns, sagte Koni, das Telefon. Manchmal sitze Katharina von Siena auf seinem Schoß, und er könne sie eigentlich anfassen und dann natürlich doch nicht. Neulich habe er Fleisch für die Katze gekauft und unterwegs immer vor sich hin gesagt: »Katzi, i hob a Fleischi für di, a Fleischi hob i.« Und als er nach Hause gekommen sei – da habe sie tatsächlich schon vor der Haustür gesessen. Die Katze. Wartend aufs Fleischi.

So mache sie es auch immer, sagte die Waschsalonbesitzerin, eine Stunde vor Geschäftsschluß beginne sie, an ihre Katzen zu denken, und wenn sie heimkomme, seien sie schon da.

Man müsse lustig sein mit den Geistern, erklärte Koni, das Telefon, auch mal einen Witz machen, das gefalle denen. Manchmal, wenn die Geister zum Beispiel wüßten, daß irgendwo auf einer Straße gleich ein Unfall passieren werde, dann säßen sie schon vorher an der Unfallstelle und rieben sich die Hände und freuten sich und sagten: »Gleich passiert was, gleich passiert was.«

»Des san aber niedere Geister«, sagte die Waschsalonbesitzerin.

Die Englein flogen mir jetzt direkt um die Ohren, und ich fragte mich, wie weit es bis zur Elfenbeinküste sei. Koni, das Telefon, ließ das Pendel vor mir schwingen und fragte das Jenseits, ob auch ich geistheilen könne und ob das eine Berufsperspektive für mich sei. Die Antwort war zweimal: Ja.

»Incredibile!« dachte ich, obwohl ich nicht italienisch kann, »es gibt Welten, die sind gleich nebenan und doch weit weg.« Leise verließ ich das Zimmer. Der Hausflur war dunkel, ich fand den Lichtschalter nicht, und hinter mir knarzte eine der hölzernen Treppenstufen. Mich überlief eine Gänsehaut. »Shakespeare!?« flüsterte ich.

»Ja, was ist?«

»Ach... nichts. Schon gut.«

Pigmentveränderungen bei Perlewitz

MEIN FREUND PERLEWITZ, der Schriftsteller, war 40, als er morgens beim Rasieren einen braunen Pigmentfleck über der Oberlippe rechts entdeckte. Ich rief ihn zufällig an diesem Tag schon sehr früh zu Hause an.

Perlewitz war in Panik. Er erzählte, was er gesehen hatte. Ein kleiner, brauner, merkwürdig dreieckiger Hautfleck. »Gestern abend diese Sendung über Hautkrebs«, sagte er, »und jetzt das. Es kann kein Zufall sein.«

»Okay«, sagte ich, »sei ganz ruhig, komm zu mir ins Büro. Ich mache mich frei, wir reden über alles.«

Perlewitz antwortete, er habe gerade den Notarzt gerufen.

Ich fuhr ins Büro und traf auf dem Flur Lapschinsky von der Sachbuch-Redaktion.

»Hast du schon gehört?« sagte er, »Perlewitz hat heute morgen einen Hautfleck entdeckt.«

Ich erledigte die dringendsten Sachen, sagte eine Dienstreise ab und fuhr ins Krankenhaus.

»Perlewitz«, sagte ich zur Krankenschwester, »kann ich ihn sehen?«

»Er ist wahrscheinlich noch sehr schwach«, antwortete sie, »nur zwei Minuten.«

Perlewitz hatte sich schon wieder gefaßt. Er saß aufrecht im Bett und aß die Seite vier der Bild-Zeitung. »Stell dir vor«, sagte er und riß Stückchen für Stückchen vom Papier ab, um es sich raschelnd in den Mund zu stopfen, »83 Prozent der Deutschen haben Angst vor Krebs, mehr als vor dem Krieg. Aber Angst mache alles nur noch schlimmer, hat Krebs-Arzt Dr. Hoffmann gesagt. Man müsse Hoffnung haben und Lust am Leben. ›Wer täglich die Brust abtastet, sagt ja zum Leben‹, hat er gesagt.«

»Gut«, sagte ich, »und wo ist der Hautfleck?«

»Er ist weg«, sagte Perlewitz, »stell dir vor, die Ärzte haben gesagt, solche kleinen Pigmentveränderungen solle man nicht allzu wichtig nehmen. Sie haben gar nicht richtig hingeguckt. Ich glaube, er war schon vorher weg.« Ob ich das nicht kennen würde? Bei ihm verschwänden manchmal schon im Wartezimmer eines Arztes alle Symptome.

»Und warum sitzt du dann hier im Bett?« fragte ich.

»Wahrscheinlich, weil ich einen Kreislaufkollaps hatte vor Angst«, antwortete Perlewitz, »außerdem bin ich Privatpatient.«

Er stand auf, wusch sich die Hände, und ich fuhr ihn nach Hause. Unterwegs dehnte sich Perlewitz behaglich im Beifahrersitz und sagte, so ein Arztbesuch mache ihn immer richtig fit. Das halte ungefähr eine Woche vor, dann entdecke er eine neue Krankheit bei sich. Vermutlich sei das eine Art Sucht, man sage der Krankenversicherung besser nichts davon. Die Arbeit mache ihm nur in dieser Zeit Spaß, total angstfrei alles. Leider falle ihm nichts wirklich Brauchbares ein. Er brauche wohl doch den Leidensdruck.

Ich sagte, Hypochondrie sei in der antiken Medizin die gebräuchlichste Bezeichnung für den oberen Teil der Bauchhöhle gewesen.

Perlewitz antwortete: »Da tut mir eigentlich selten etwas weh.« Stechende Schmerzen im Unterleib, das ja. Darüber habe er erst vor drei Wochen mit dem Arzt geredet, und der habe einen Gummihandschuh angezogen und ihn da unten untersucht, »du kennst das ja wahrscheinlich«. Er habe nichts gefunden, was ihn, Perlewitz, allerdings ausnahmsweise nur zwei Tage lang beruhigt habe. Dann sei ihm eingefallen, daß die meisten Darmkarzinome an einer Stelle säßen, die ein Arztfinger nicht erreichen könne. Das müsse mal im »Spiegel« gestanden haben, wenn er sich recht entsinne, allerdings schon vor mindestens zehn Jahren. Aber die Arztfinger seien seither ja nicht länger geworden.

Wir tranken noch etwas, dann ging ich. In der Haustür sagte Perlewitz, wenn er tippen solle – er werde wohl an Darmkrebs sterben. Er habe einfach schon zuviel Kuchen gegessen. Irgendwo habe er mal gelesen, Darmkrebskranke unterschieden sich in nichts von normalen Sterblichen, außer durch einen höheren Kuchenverzehr.

»Vielleicht werde ich Vegetarier!« rief er hinter mir her, »täglich fünf Gemüsemahlzeiten!« Möglicherweise könne man dadurch noch etwas gutmachen. Oder mal einen Text über Vegetarismus schreiben, warum nicht? Auf Kuchen verzichte er schon seit vorletzter Woche.

Zwei Tage später klingelte nachts um halb drei das Telefon. Perlewitz' Stimme hallte, als spreche er aus einer Gruft. »Es ist der Wahnsinn«, sagte er, »mir ist gerade der rechte Arm eingeschlafen.«

»Stell dir vor, ich war schon ganz eingeschlafen«, brüllte ich.

»Du verstehst mich nicht«, hallte es. »Der Arm war gefühllos, wie tot. Ich bin aufgewacht und hatte diesen Arm neben mir, wie der Arm eines Fremden. Er lag einfach da, mein eigener Arm. Ich habe geschrien und ihn geschüttelt, bis wieder Leben drin war. Gräßlich! Sind da Nerven abgeklemmt oder was? Liebrich hat mir neulich gesagt, wenn einem der Arm öfter auf diese Weise einschlafe, sei das ein erstes Anzeichen für Schizophrenie. Es realisiere sich praktisch eine Bewußtseinsspaltung im Physischen. Man spüre plötzlich körperlich, daß man aus zwei Leuten besteht.«

»Die Frage ist nur«, sagte ich, »wer von euch beiden ist der Hypochonder?«

Perlewitz' Stimme klang etwas heller. »Das Problem ist: Ich bin gleichzeitig Hypochonder und wirklich krank.«

Ich legte auf. Es war für fünf Wochen mein letztes Telefonat mit Perlewitz. Ich traf ihn dann Freitagabend auf einer Party bei Westphal, der mich mit den Worten einlud: »Perlewitz kommt auch. Wissen Sie es schon? Er telefoniert nicht mehr.«

Perlewitz stürzte gleich auf mich zu. Ich sagte: »Ich höre, du telefonierst nicht mehr.«

»Hast du es nicht gelesen?« fragte er.

»Was?«

»Ein Passauer Arzt hat 19 Telefone in Büros, Kliniken und einer öffentlichen Zelle untersucht und dabei Staphylokokken, vergrünende Streptokokken und Kolibakterien gefunden. Meinst du, ich will mich umbringen?«

»Bei Anruf Mord«, sagte Westphal, der noch neben uns stand.

Perlewitz ließ ein zynisches Lächeln über sein Gesicht laufen. »Stell dir vor: In derselben Zeitung stand, ein österreichischer Angestellter sei 165 Meter tief von einer Autobahnbrücke in der Steiermark gefallen und mit ein paar Schrammen wieder aufgestanden. Das ist doch absurd: Morgen geht er wieder ins Büro, ruft zum Beispiel bei seiner Autowerkstatt an, und Scharen von hungrigen, gemeinen, längst vergrünten Streptokokken springen ihm mitten in sein verkratztes Gesicht und töten ihn.«

Perlewitz wischte mit mehreren raschen Bewegungen etwas Petersilie von einem Leberwurst-Kanapee aus dem Mundwinkel. In der ganzen Sache stecke für ihn übrigens ein Riesen-Romanstoff, sagte er, etwas über einen Betriebsarzt bei der Bundespost, der wie Semmelweis für vollkommen neue Hygiene-Vorschriften kämpfe und von den borniert-unmenschlich-sturen Postlern immer wieder abgewiesen werde. »Die Post«, sagte er mit erhobener Stimme, »lehnt tatsächlich die Desinfektion der Apparate als übertrieben ab. Übertrieben!« Er wurde pathetisch: »Sie lassen uns ungewaschene Briefe ins Haus bringen von Leuten, die vielleicht gerade telefoniert haben! Sie lassen es zu, daß Philatelisten Sachen sammeln, die anderen schon auf der Zunge lagen! Sie lassen sich in ihrer Schamlosigkeit mit Geld bezahlen, an dem die Staphylokokken haften wie Paniermehl an einem Schnitzel!« Diese Autobahnbrückengeschichte könne er vielleicht als Schluß in den Roman einbauen. Chemische Reinigung von Telefonen müßte so selbstverständlich sein wie das Zähneputzen, rief er. Man könne heute die Geräte mit einem Mittel säubern, das aus der Mundhöhle stammende Krankheitserreger auch nach einem Monat noch zu 95 Prozent fernhalte!

»Was ich nicht verstehe«, sagte Perlewitz, »das ist: warum man das Mittel nicht gleich in den Mundhöhlen selbst anwendet?«

Drei Tage später kam ein Brief, eingeschweißt in durchsichtiges Plastik. »Habe das Romanprojekt wieder beiseitegelegt. Bin völlig unfähig zu schreiben. Am Wochenende wieder ein Krebskongreß in Hamburg! Wozu brauchen wir überhaupt einen Körper? Wenn wir fleischlose Wesen wären, könnten wir nicht Hautkrebs bekommen. Könnten wir nicht aus Plastik sein und aussterben, wenn das Erdöl zu Ende ist? Oder aus Metall? Vollverzinkt natürlich, sonst würden wir rosten. Rosten stelle ich mir sehr schmerzhaft vor.«

Am Abend trat in einer Talkshow eine ehemalige Freundin von Perlewitz auf, eine hübsche dunkelhaarige Mittdreißigerin mit leicht gebogener Nase und einem Anflug von Damenbart. Es war eine von diesen neuartigen Talkshows, in denen nicht mehr die Prominenten selbst auftreten, deren Gesichter längst niemand mehr sehen kann, sondern Leute aus deren Bekanntenkreis, von denen man sich noch unbekannte Intimitäten über die Prominenten erhoffte. Perlewitz war ja durch seine letzten drei Bücher durchaus ein bißchen berühmt geworden.

Seine ehemalige Freundin hielt ihn mittlerweile für völlig verrückt. Manchmal habe er sie minutenlang durch den Türspion fixiert, bevor er geöffnet habe. Er habe erzählt, bei jedem Kuß würden mehr als 250 Bakterienarten übertragen, Viren und Parasiten nicht mal mitgezählt. Ein Milliliter Speichel enthalte 63 Millionen Keime, habe er behauptet. Dann habe er plötzlich von einer Untersuchung gelesen, die man Anfang des Jahrhunderts gemacht habe: Zwei Männer hätten eine frisch desinfizierte Frauenwange küssen dürfen, ein Bärtiger und ein frisch Rasierter. Nach jedem der beiden Küsse habe man die Wange untersucht und nach dem Kuß des Rasierten jede Menge, allerdings harmloser Keime gefunden, bei dem Bärtigen aber Tuberkulose- und Diphtherie-Bazillen, Fäulniskeime von Essensresten und ein Spinnenbein.

Sie saß ganz starr in ihrem Talk-Show-Sessel. Der Moderator fischte in seinem Drei-Tages-Bart unauffällig nach

Spinnenkörperteilen, als sie sagte, Perlewitz sei früher nicht einmal schlecht im Bett gewesen, keine Sensation, aber doch einer »mit manchmal erfrischenden Einfällen«, wie sie sich ausdrückte. Nervtötend habe sie nur gefunden, daß er ständig behauptete, regelmäßiger Geschlechtsverkehr senke die Prostatakrebswahrscheinlichkeitsrate (er habe wirklich immer dieses Wort benutzt) um achtzig Prozent. Aber nach der Spinnenbein-Geschichte habe er ihr nicht einmal mehr die Hand geben wollen. Eines Abends konnte sie ihm gerade noch ein Küchenmesser aus der Hand reißen. »Da hatte er«, sagte sie, »gerade gelesen, die Lebenserwartung steige bei kastrierten Hauskatern von 5,3 auf 8,1 Jahre.«

Wir redeten im Büro fast nur noch über Perlewitz. Pachulke, der Redakteur der Wochenendbeilage, sagte, Perlewitz habe nach Wochen mal wieder einen Essay angeboten, in dem er die völlige Ausweglosigkeit der Lage des modernen Menschen anhand seines Verhältnisses zum Duschbad exemplifizieren wolle. Er habe schon ein Exposé geschickt, in dem er einerseits behaupte, der Mensch werde überhaupt erst zum Menschen, wenn er sich regelmäßig dusche: Nur dadurch unterscheide er sich vom Tier, daß er sich auf diese gründliche, dem Tier unbekannte Weise von jenen Keimen, Viren und Bakterien befreie, die dem Tier nicht schadeten, den Menschen aber zerstören könnten. Andererseits sei es gerade das Duschbad, welches den Menschen noch empfindlicher mache für die Attacken aller möglichen Krankheitserreger. Allein der Hautabrieb durch den Wasserstrahl sorge schon für neue Angriffsflächen mit geringerem Widerstand, der durch Seife weiter gebrochen würde.

Der Mensch lebe so in einem Hineingeworfensein zwischen Duschen und Nichtduschen, aus dem es kein Entrinnen gebe. Gerade auf seiner höchsten zivilisatorischen Entwicklungsstufe sei er unabweisbar der Vernichtung preisgegeben. Dusche er täglich, präpariere er selbst den Boden für seinen qualvollen Tod, dusche er nicht täglich, ergebe er sich verteidigungslos dem Fraß der Viren.

»Wenn er das mal noch schreibt«, murmelte Sandmann, der stellvertretende Chefredakteur, und erzählte, er habe Perlewitz gestern vor einem Bräunungsstudio getroffen, eine Dose Pökelfleisch in der einen, zwei Packungen Filterlose in der anderen Hand.

»Was machen Sie denn hier?« habe er den Schriftsteller gefragt.

»Dem Leben ein Ende«, habe Perlewitz geantwortet. Er werde jetzt systematisch Magen-, Lungen und Hautkrebs auf einmal erzeugen, er wolle nicht mehr und könne nicht mehr. Die Angst lähme ihn neuerdings und mache ihn unproduktiv. Er sitze tagelang vor der Maschine, nichts falle ihm ein.

Am nächsten Morgen stand Perlewitz vor meiner Haustür. Er war komplett in eine dieser durchsichtigen Folien eingehüllt, mit denen man normalerweise Blumensträuße einwickelt.

»Wieder zwei Hautflecken«, sagte er tonlos, »es ist das Ende, es hat mich erwischt, volle Breitseite.«

»Komm rein«, seufzte ich.

Perlewitz ging ins Wohnzimmer. Die Folie knisterte bei jeder Bewegung. Er konnte in ihr nur ganz kleine Schritte machen, es war mehr so eine Art Sackhüpfen. Schlaff ließ er sich aufs Sofa fallen.

»Stell dir vor«, ächzte er, »gestern abend kommt Block und erzählt mir von einem Hautkrebs-Fall in seinem weiteren Bekanntenkreis, und ich entdecke gleich danach auf dem Klo zwei braune Flecken auf dem Arm, genauso wie neulich an der Lippe, nur zwei diesmal.«

»Waren die vorgestern nicht auch schon da?« fragte ich mißtrauisch.

»Dann hätte ich sie doch sehen müssen«, antwortete er, »ich untersuche mich jeden Abend von Kopf bis Fuß.«

»Und wenn du sie übersehen hast, weil sie schon seit der Geburt da sind und du dich schon so an sie gewöhnt hattest, daß du sie gar nicht wahrnahmst?«

»Mag sein«, sagte er, »aber was bedeutet es, daß ich solche Flecken übersehe? Millimeterdicke braune Pigmentsachen, und ich sehe sie nicht! Bin ich schon dermaßen weggetreten? Partiell geistig einfach nicht mehr da? Was frißt da in meinem Gehirn?«

Er hob den rechten Arm, um mir die Flecken zu zeigen. Ich konnte nichts erkennen. Perlewitz atmete derart heftig, daß die Folie von innen mittlerweile dicht beschlagen war.

»Schon ein, zwei starke Sonnenbrände in der Jugend erhöhen das Hautkrebs-Risiko gewaltig«, sagte er. »Wer hätte die nicht gehabt? Es ist Wahnsinn: Ich verrecke hier, weil mir mit 16 keiner gesagt hat, wie wichtig Sonnenöl ist. Das ist doch unverhältnismäßig! Ich war damals zum erstenmal mit einer Frau allein in der Normandie, am Strand. Und abends konnte sie mich nicht berühren, weil ich total entzündete Haut hatte. Das war Strafe genug! Dafür soll ich jetzt noch mit dem Leben bezahlen?« Er schlug von innen so heftig gegen seine Verpakkung, daß ich dachte, sie würde reißen. Das Kondenswasser lief in kleinen Bächen innen an der Folie entlang.

»Scheiße!« brüllte Perlewitz. »Müßten nicht statistisch gesehen erstmal die dran sein, die jedes Jahr auf Fuerteventura rumbraten? Kann man nicht erstmal die nehmen? Ich bin ein armer Schriftsteller und kann mir überhaupt keine Reisen nach Fuerteventura leisten.«

Er merkte gar nicht, daß auf einmal seine Mutter neben

ihm auf dem Sofa saß, eine kleine Frau Mitte sechzig mit grauen Haaren und frischer Dauerwelle. Sie zog ein frisch gebügeltes Taschentuch aus der Handtasche und versuchte, ihm die Stirn abzutupfen, aber die Folie war dicht.

»Ich wußte, ich würde ihn eines Tages nicht mehr erreichen«, seufzte sie.

»Es ist ekelhaft«, wütete Perlewitz vor sich hin, »welche Zeitung ich auch aufschlage, welche Sendung ich anschalte – überall wird vor Hautkrebs gewarnt. Man kann nichts tun, als sich in den Schatten zu setzen und auf sein Ende zu warten. Soll ich mich totsaufen? Ich bekomme von Alkohol Migräne, sie zieht von einer Stelle hinten links im Nacken nach vorn in die Stirn. Ich vertrage nicht mal genug Alkohol, um mich wie ein anständiger Schriftsteller totsaufen zu können!«

Perlewitz' Stimme überschlug sich, aber trotzdem klang sie unvertraut dumpf aus der Folie. Ich hatte nicht gewußt, daß solche Blumenfolien Stimmen derart stark dämpften.

Seine Mutter wischte jetzt hilflos mit dem Taschentuch in seiner Mundgegend auf dem Zellophan herum. »Wußten Sie, daß es nicht schwer war, ihm beizubringen, daß man sich die Hände wäscht, wenn man auf dem Klo war?« sagte sie. »Schon mit fünf hatte er es begriffen. Aber wenn man ein Glas Milch auf den Tisch stellte, konnte man sicher sein, daß er es umschmeißt. Ständig mußte man ihn warnen. Ich glaube, was ich am meisten zu ihm sagte, war: ›Vorsicht, Junge, paß auf, Junge!‹«

Perlewitz' Knöchel wurden schon von Wasserlachen umspielt, so sehr schwitzte er. Seine Mutter schien unsichtbar für ihn zu sein. Ich wußte ehrlich gesagt auch nicht, wo sie plötzlich hergekommen war.

»Man mußte so auf ihn aufpassen«, sagte sie. »Kaum war irgendwo ein Mäuerchen, kletterte er drauf. Ich habe ihn jedesmal heruntergehoben, er hätte sich ja sonstwie verletzen können.«

»Was soll man denn tun gegen diese Angst?« brüllte Perlewitz. »Eine rauchen? Was trinken? Dann habe ich vielleicht keine Angst mehr, aber ich werde wirklich krank. Tag für Tag sterben in Europa so viele Raucher, als würden sechs vollbesetzte Jumbo-Jets abstürzen und alle Insassen dabei umkommen.«

Daß er überhaupt Luft bekam in dieser Packung!

»In Amerika lassen sie jetzt nur noch Nichtraucher mitfliegen, weil dauernd diese Raucher-Jets abstürzen!«

Seine Mutter hatte das Taschentuch weggesteckt. Sie schien sehr kräftig zu sein. Sie hängte ihre Handtasche über die linke Schulter und legte ihren Sohn flach auf das Sofa.

»Flugangst habe ich auch!« schrie er.

Seine Mutter faßte Perlewitz um die Hüften, hob ihn, hopp! mit einem Ruck an und trug ihn unter dem Arm zur Haustür wie eine gut verpackte Standuhr. »Er braucht einfach jemand, der auf ihn aufpaßt«, sagte sie, »das wird nie anders.«

Ich hörte Wellen von Schweiß in der Folie hin- und hergluckern. Die beiden verließen das Haus. Perlewitz, meinen Freund, sah ich zum letztenmal, als er, 50 Meter von meinem Haus entfernt, an der Bushaltestelle unter dem Arm seiner Mutter auf die Linie 87 wartete.

Kein Gedanke. Nirgends

Die beiden sitzen im Wohnzimmer nebeneinander auf einem mattweißen Zweisitzer von Gianfranco de Fumetti, also ziemlich eng beieinander. Er trinkt dreizehneinhalb Jahre alten Whisky, sie ein Bier aus der Flasche. Das Licht im Zimmer ist gedämpft. Ein weißer Halogen-Strahler, geschaffen in den Werkstätten von Jeanpierre Würth, beleuchtet ein 2 × 2 Meter großes Bild hinter dem Sofa, ungegenständlich, wild, von Mike Cholesterini (New York 1987), hauptsächlich in den pastos aufgetragenen Farben rot, gelb, grün, rechts unten auch schwarz. Er liest Zeitung.

Sie: »Hast du heute Scholkemeier angerufen?«

Er: »Warum?«

Sie: »Mußt du immer ›warum‹ fragen?«

Er: »Warum? Frage ich immer ›warum‹?«

Sie: »Merkst du es nicht selbst?«

Er: »Nein, wieso?«

Sie: »Schon wieder.«

Er: »Was?«

Sie: »Immer beantwortest du Fragen mit einer Gegenfrage. Warum, warum? Wieso, wieso?«

Er: »Es könnte ja mal sein, daß du einen Grund hast für das, was du sagst.«

Er denkt, daß er Whisky nicht mag und ihn bloß trinkt, weil er es stilvoll findet, dreizehneinhalb Jahre alten Whisky auf einem mattweißen Sofa von Fumetti zu nehmen. Außerdem ärgert er sich, daß sie Bier aus der Flasche trinkt und nicht aus den schönen Gläsern, die sie doch besitzen. Sowieso wäre ihm lieber, sie würde Rotwein trinken, das würde besser zu dem Cholesterini an der Wand passen. Erst gestern hat er zwei Kartons Cepparello geholt, die sollen auch nicht bloß im Keller herumliegen. Dauernd kauft er Wein, und sie trinkt ihn nicht. Soll er sich allein zersaufen an diesen Beständen?

Sie: »Ich verstehe nicht, warum du so aggressiv bist.«
Er: »Bin ich aggressiv? Was redest du für idiotischen Blödsinn?«
Sie: »Scholkemeier – hast du ihn angerufen?«
Er: »Nein.«
Sie: »Warum nicht?«
Er: »Laß doch die Gegenfragen.«
Sie: »Ich meine es ernst.«
Er: »Ich hatte den ganzen Tag zu tun, ich bin nicht dazu gekommen.«
Sie: »Dann ruf ihn doch jetzt an.«
Er: »Jetzt bin ich zu müde. Irgendwann brauche ich mal Ruhe.«

Plötzlich ist auch etwas Blau auf dem Bild an der Wand, Rot und Grün treten dafür zurück, Schwarz kriecht von unten her zur Bildmitte. Im Raum schwingt die sanfte, tiefe Stimme eines berühmten Partnertherapeuten. »Streit?« sagt er singend und gedehnt, »toben Sie ihn im Bett aus. Sie bauen dabei Alltagsspannungen ab. Geschlechtsverkehr kann eine plötzliche Krise Ihrer Beziehung beenden. Aus Streit kann eine Turbo-Nacht werden.«

Sie: »Die Kinder haben bei diesem Scheißwetter den ganzen Tag im Haus gespielt. Roderich hat in die Küche gepinkelt, Marie-Claire hat die Sachen aus ihrem Kleiderschrank im ganzen Zimmer verteilt. Mir tut der Rücken so weh, ich kann kaum noch sitzen.«

Er: »Bin ich deshalb weniger kaputt, weil dir auch das Kreuz weh tut?«

Sie: »...aber ich wollte dich nur trösten, indem ich dir sage, daß du nicht allein so müde bist.«

Er: »Man macht sich den ganzen Tag fertig, knechtet, schuftet, und das einzige, was man hört, sind Relativierungen. Kein Trost, kein Verständnis.«

Fünf Minuten Schweigen. Er versucht zum drittenmal, einen Artikel über eine politische Verwicklung in Gabun zu Ende zu lesen.

Sie: »Immer liest du, statt mit mir zu sprechen.«

Er: »Wir können gerne miteinander reden, aber eben ist geschwiegen worden, und ich habe in dieser Zeit Zeitung gelesen. Wenn etwas zu sprechen gewesen wäre, hätte ich die Zeitung sinken lassen, aber es ist ja nichts gesagt worden. Irgendwann muß ich Zeitung lesen.«

Sie: »Ich werde vor Einsamkeit sterben.«

Er: »Immer redest du mit mir, statt Zeitung zu lesen.«

Er versucht wieder, den Artikel über die Verwicklung in Gabun zu Ende zu bringen, muß aber an seine Mutter denken und daran, daß er als kleiner Junge immer lange aus dem Fenster gestarrt und Zählungen der vorbeifahrenden Autos veranstaltet hat. Draußen regnet es Brigitte-Zeitschriften vom Himmel. In Oregon hat eine Befragung von 5202 Männern und Frauen ergeben, daß verheiratete Paare geringfügig öfter als unverheiratete den Genuß von Salzbrezeln heftigem Sex vorziehen.

Er: »Möchtest du noch ein Bier?«

Sie: »Ja, aber brauchst nicht extra aufzustehen. Nur, wenn du sowieso gehst.«

Er: »Jetzt sag, ob du noch ein Bier willst oder nicht!«

Sie: »Wenn du so laut wirst, mag ich schon gar keins mehr.«

Er: »Erst sagst du, du möchtest noch ein Bier, dann möchtest du keins mehr.«

Sie: »Ich kann's mir selbst holen.«

Er: »Ist ja gut, ich geh' ja schon, geh' ja schon. Aber ich kann nicht raten, was du willst. Ich kann nicht ständig denken, was du gerade denkst, um dann zu tun, was du gerade willst, daß ich es tue.«

Sie: »Aber du könntest dich ein bißchen mit mir beschäftigen.«

Er: »Doch nicht jetzt!«

Die schwarze Farbe auf dem Bild kriecht höher, Grün ist fast nicht mehr da. Rot, nun sehr intensiv und dunkel, wird von blauen Streifen durchzogen. Silberfischchen eilen über den Parkettboden, formieren sich zu Buchstaben, Worten, Sätzen, laufen wieder auseinander, formieren sich neu: »Ein Sektfrühstück, ein Kuschelsonntag im Bett, ein Last-Minute-Flug in die Sonne – solche Dinge geben Ihrem Alltag neuen thrill. Klingt banal? Ist es aber nicht.«

Wie war es gewesen letzten Samstag? denkt er. Sie hatten sich zusammen einen schönen Abend machen wollen, nach langer Zeit mal wieder einen richtig schönen Abend. (Er glotzte leeren Blickes in die Zeitung.) Sie waren mit dem Auto in die Stadt gefahren, hatten sich eine halbe Stunde lang nicht auf ein Lokal einigen können; sie wollte nichts essen, er hätte ganz gern auch etwas mehr als eine Kleinigkeit verzehrt. Am Ende waren sie zu einem Bistro gefahren, das beide kannten. Es war im ganzen Viertel, in dem das Bistro lag, kein Parkplatz zu finden gewesen, obwohl sie eine halbe Stunde lang herumfuhren. Sie schlug vor, nach Hause zurückzukehren oder in eine Pizzeria am Stadtrand zu fahren. Er wollte die Sache nun aber durchziehen, fuhr in ein anderes Viertel zu einem anderen Lokal, wollte auf dem Weg dorthin, nervös und eilig, einen Mineralwasserlieferanten in einer Kurve rechts überholen. Dabei wurde ihr Wagen links gerammt.

Er schrie und heulte vor Wut, und im Regen auf der Straße handelte er mit dem Mineralwasserlieferanten, einem Kerl mit roter Triefnase, die Reparaturbedingungen aus. Dann waren sie doch zu der Pizzeria am Stadtrand gefahren. Sie bestellte, weil sie Überraschungen liebte und sich jetzt also wohl fühlte, ein Glas Prosecco, und er saß den ganzen Abend, vor Wut unfähig zu kauen, über einer Pizza Margherita. War es so gewesen letzten Samstag? dachte er. So war es gewesen.

Er: »Was denke ich?«

Sie: »Nichts.«

Er: »Man kann nicht nichts denken.«

Sie: »Du denkst aber nichts. In deinem Kopf ist Leere. Kein Gedanke. Nirgends.«

Er: »Woher weißt du?«

Ein Notfallwagen des Partnerschaftsressorts der »Freundin« hält mit quietschenden Reifen vor dem Grundstück. Eine Redakteurin ruft durch ein Megaphon: »Der Schweizer Therapeut Jürg Willi hat gesagt ratatazong, neueste Statistiken zeigten ballongpong, daß Verheiratete psychisch und körperlich gesünder sind und länger lebten als jabummsäckärä Nichtverheiratete, insbesondere als Geschiedene und Verwitwete. So gesehen sei die tatatafoschzosch Ehe trotz aller Schwächen eine Beziehungsform, die viele Menschen jasackamaltusch gesund erhalte schlonggatong.« Nur noch ein kleiner roter Fleck leicht links vom Mittelpunkt des Cholesterini-Bildes!!!

Sie: »Liebst du mich?«

Er: »Ist noch Mousse au chocolat im Kühlschrank?«

Im zweiten Stock schreit schrill ein Kind. Sie eilt nach oben, um es zu beruhigen. Auf dem Bild hinter dem Sofa erscheint kurz eine Sonne, geht aber sofort wieder unter. Bruno Bettelheim ist wiederauferstanden und bietet, durch das Schlüsselloch schreiend, dem Kind Prügel an. Der Regierungssprecher von Gabun wird volltrunken in einer Damentoilette in Äquatorial-Guinea gefunden. An der Wand erscheint in Flammenschrift der Text:

»Der ›Playboy‹ fragt, was sie tun würden, wenn sie entdeckten, daß Ihre Partnerin Porno-Literatur liest oder sich Sex-Filme anschaut.

a) Sie würden sie auf dem Küchentisch hemmungslos durchvögeln.

b) weiß nicht.«

Sie hat das Kind beruhigt und sagt: »Wenn man die Geschirrspülmaschine anstellt, muß man Geschirrspülmittel hineinfüllen, nicht Teppichreinigungspulver.«

Er: »Wenn jemand einen Doppelnamen hat, sollte er sich damit auch am Telefon melden.«

Sie: »Jemand hatte Teppichreinigungspulver in die Geschirrspülmaschine gefüllt, und das Geschirr war hinterher ganz kuschelig, so weich die Tassen, daß ich sie kaum im Geschirrschrank stapeln konnte.«

Er: »Ich mag Senftuben prall und fest, nicht lang, platt und ausgelutscht.«

Sie: »Das Teppichreinigungspulver ist gelb und fein wie Sand...«

Er: »Ich vermute, Scheller nimmt Schreibmaschinenpapier aus dem Büro mit nach Hause, um darauf private Briefe zu schreiben.«

Sie: »..., das Geschirrspülmittel für die Maschine hingegen ist weiß und grobkörnig.«

Er: »Ich habe Sodbrennen.«

Sie: »Wenn jemand das Geschirrspülmittel zur Teppichreinigung benutzt, werden wir vom Boden essen können.«

Er: »Eine Zeitung, die man gelesen hat, legt man wieder ordentlich zusammen.«

Beide zusammen: »Merkwürdig, daß Frauen und Männer dieselbe Zahnpasta benutzen können.«

Das ganze Bild ist jetzt von unten rechts her schwarz geworden. Die grüne Farbe läuft die Wand hinunter, Rot hat sich auf der Innenseite des Bilderrahmens versteckt.

Sie: »Ja, ich weiß, ich kann gar nichts.«

Er: »Ich sag's doch nur.«

Sie: »Du betonst es, du reibst es mir hin.«

Er: »Ich bin mal wieder das Schwein.«

Sie: »Ich sag's ja nur.«

Aus dem Hals ihrer Bierflasche quillt Schaum. Der Whisky in seinem Glas steht bereits in Flammen. Die gabunesische Post stellt den Briefmarkenverkauf ein.

Sie: »Verstehst du mich nicht?«

Er: »Warum?«

Spezialisten der Ehetherapiestelle des städtischen Sozialreferats brechen die Haustür auf. Das Max-Planck-Institut für Psychologie schickt einen Hubschrauber mit seinen besten Leuten. Franz Alt verglüht im Kaminfeuer bei dem Versuch, mit seinem Buch »Jesus – der erste neue Mann« zwischen den

Zähnen über den Schornstein ins Haus zu gelangen. Scholkemeier ruft an. Durch ein offenes Kellerfenster kämpfen sich Nachbarinnen vor.

Die Retter treffen schwer atmend in letzter Sekunde ein. Sie liegt bereits im Bett und liest, er schneidet sich schon im Badezimmer die Fußnägel.

Hauptsache: verbunden

Ich gebe zu, daß ich mich viele Jahre lang um mein Telefon nicht besonders gekümmert habe. Nicht einmal bei schönem Wetter bin ich mit ihm spazierengegangen. (Ich hasse es einfach, wenn der Apparat einem so um die Füße herumschwänzelt wie ein kleiner Köter, dauernd verheddert man sich in der Schnur.) Nie habe ich mein Telefon ins Bett geholt, aus Angst, es könnte mich wecken. Nie mit in die Badewanne genommen, aus Furcht, es könnte mich töten. Nie ein liebes Wort, nie ein Dankeschön! Wenn man bedenkt, was für ein Zirkus um den Fernseher gemacht worden ist: Jeden zweiten Tag kam ein Wirkungsforscher zur Tür herein und fragte, ob uns nach einem Western auch immer so gewalttätig zumute sei. Man hat sich doch aus-ein-an-der-gesetzt mit diesem Apparat. Oder der Computer! Als wir einen Computer bekamen, hieß es bald, ohne Computer könnten wir gar nicht mehr leben, Computer hier, Computer da, Computerlein, du bist so wunderbar, hast viel schönere Zeichen als meine alte Schreibmaschine, ★ zum Beispiel oder ✉! Aber mein ☎? Das war immer für mich da, kieselgrau, in der Ecke, unscheinbar. Und ich? Hab's benutzt.

Einen Schimmer von der wahren Bedeutung des Telefons bekam ich erst, als ich die Zukunftsmesse CeBIT in Hannover besuchte und längere Zeit hinter einem dicken, großen Mann herlief, der zuerst eine Bildtelefonleitung nach Frankfurt eröffnete und dann den Stand einer Telefonfabrik besichtigte, wo er mehrmals sagte: »Zeigen Sie mir mal Ihr neuestes Telefon! Das ist doch nicht Ihr neuestes Telefon!« Wie sich herausstellte, war das der Dr. Kohl, und ich wäre beinahe zu ihm gegangen und hätte gesagt: »Guten Tag, Herr Dr. Kohl, wir kennen uns bisher nur vom Telefon.« Aber das wäre ja gelogen gewesen. Wir telefonieren nämlich nie, sondern schreiben uns lange, optimistische Briefe, in denen wir uns versichern, daß man keine Angst vor der Zukunft haben müsse.

Es war aber genau in diesem Moment, daß mich eine große Neugierde erfaßte und ich sofort sämtliche Prospekte der auf dieser wunderbaren Messe anwesenden Telefonfirmen sowie der Deutschen Bundespost einsammeln mußte. Das neueste Telefon! Das neueste Telefon! Ich las: Das ISDN-Komforttelefon Amethyst I hat eine Flüssigkristallanzeige, auf welcher die Rufnummer des Anrufers erscheint, bevor ich abhebe. Hat einen Anklopfton, so daß ein Anrufer, dessen Rufnummer wiederum flüssigkristallen angezeigt wird, sich tüt-tüt-tüt melden kann, während ich mit jemand anders telefoniere. Hat Wahlwiederholung und Gebührenanzeige. Hat Tasten, die heißen: RUHE, RRUF, KONF, PARK. Hat Nummernspeicher und deshalb weitere Tasten für Nowak, Köbel und Lüdtke. Amethyst II kann, wenn ich nicht im Büro bin, Anrufe zu mir nach Hause weiterschalten. Hat größeren Nummernspeicher und Tasten auch für Schüller, Spurzem und Keffner. Das ISDN-Komforttelefon Saphir: Wird erst benutzbar, wenn Chipkarte eingeschoben. Hat »Benutzerführung« und Speichertasten für Marx D., Marx und Zaric. Ja, »das Telefon wird intelligent« (Bundespost).

Und beweglich. Ich las weiter: von Telecar C, dem »Autotelefon, bei dem man das Auto abmachen kann« — man trägt dann einen kleinen Kasten mit Antenne durch die Gegend, nimmt den Hörer ab und spricht. Von Roadfax, dem kleinen tragbaren Telekopierer. Von porty und der »Kommunikations-Freudigkeit, die zum Tragen kommt«. Von Teleport C, dem kleinen Funktelefon, das in die Jackentasche paßt und eine Reichweite von vier bis fünf Kilometern hat. Von Liberty und ST 900 DX, den schnurlosen Telefonen. (Auf einer anderen Zukunftsmesse, der »Systems« in München, traf ich den Vertreter Meyer, der drei solche Telefone vor sich hatte und mit dem linken das mittlere anwählte. Ich nahm dessen Hörer ab, und Herr Meyer, direkt neben mir stehend, erklärte mir schnurlos die neue Welt.) Ich sah Fotos von Schornsteinfegern auf Schornsteinen, von Förstern im Silberwald, von Seglern im Segelboot, von Reitern zu Pferd, von Menschen am Strand, Familien im Garten, Anglern am Fluß — und alle telefonierten. »Sie sind jetzt jederzeit erreichbar und können weltweit an jeder Entscheidung teilnehmen«, las ich. Weltweit! An jeder Entscheidung! Ich sah mich auf dem Schornstein sitzen und weltweit abrüsten, im Wald spazierengehen und ein Tempolimit einführen, segeln und die FCKW verbieten... Mein Gott, immer wenn sie mich bisher hatten fragen wollen, war ich im Garten gewesen!

Das alles hatte ich nicht gewußt! War ich nicht immer noch dabei, den Verlust der Schriftkultur durch das Telefon zu beklagen? Aber was längst zu bedenken gewesen wäre: der Verlust des herkömmlichen Telefons, dem mit der Schnur dran und den zwölf Tasten. (Erinnert sich noch jemand an die Wählscheibe?) Mir erschien im Traum ein großes Gesicht mit silbernen Haaren, einer riesigen dunklen Brille und einem unentwegten Lächeln, das war das Eröffnungsgesicht des Postministers Schwarz-Schilling, welcher gerade im Raum Hamburg-Harburg persönlich eine Glasfaser in Betrieb nahm.

Oh, Telefon! Teeleefoon!!! Gutes? Altes? Sonntags, wenn ich einsam bin, umkreise ich's konzentrisch, bitte, bettle, flehe um ein Klingeln, indes der kleine, kalte, harte Apparat mich nicht erhört. Mittags, sobald ich den Löffel hebe, ruft immer Mutter an. Wenn ich aber aus Ägypten bei mir zu Hause anrufe, ist keiner da. Warum ist keiner da? Frau? Kind? Wo sind sie? Ist etwas passiert? Was ist passiert? Eine Katastrophe? Ist alles aus? Oder hört A. mich nicht, weil sie auf dem Dachboden ist? Was macht sie auf dem Dachboden, wenn ich in Ägypten bin? Wollte sie vom Dachboden schnell zum Telefon und ist von der Leiter gestürzt? Hat sich was gebrochen? Oder hab' ich mich bloß verwählt? Was hab' ich denn gewählt? Warum ist dort niemand? Ist dort jemandem etwas zugestoßen? Liegt jemand bewegungsunfähig in einem brennenden Haus? Wer?!?!

Was das Telefonieren bedeutet: Wenn eine Stimme aus dem Telefonhörer spricht, stellen wir uns etwas vor, einen Menschen mit einem Hörer in der Hand zuerst. Wie sieht er aus? Sitzt er? Liegt er? Ist er traurig? Unterdrückt er ein Weinen? Ist er nackt? Trägt er einen Kaschmirschal? So sensibel wie Blinde hören wir dann, hat ein kluger Autor geschrieben. Also hat das Telefon sich um die menschliche Phantasie verdient gemacht! Außerdem: Noch nie hat mir jemand erklären können, wie Fernsprechen wirklich funktioniert. Mein Freund, der Doktor Vau, der es gelegentlich versucht, erzählt immer etwas von elektrischen Strömen, analogen und digitalen Signalen. Aber das glaubt er selber nicht.

Selbstverständlich ist es vollkommen unmöglich, gesprochene Texte mit Hilfe von Kabeln über Tausende von Kilometern zu transportieren, noch dazu, ohne daß überall gigantisches Geschrei und Stimmengewirr zu hören ist. Die Tatsache, daß eine Organisation namens »Bundespost« ständig Kabel in der Erde vergräbt, die angeblich der Weiterleitung von Telefonaten dienen, ist nichts anderes als eine geschickte Strategie der internationalen Kupfer- und Glasfasersyndikate, welche mit dieser Behauptung einen Riesenmarkt erschlossen haben. Der beste Beweis ist doch, daß man neuerdings auch ohne Kabel fernsprechen kann! Im übrigen ist das erste Telefonat in Deutschland von seinem hiesigen Erfinder Reis eröffnet worden mit dem Satz »Das Pferd frißt keinen Gurkensalat«, und das ist wahrlich auch für jeden Laien als Zauberspruch erkennbar.

Telefonieren ist: Zauberei. Am Telefon sitze ich »wie eine Gestalt im Märchen, der auf ihren Wunsch eine Zauberin in übernatürlicher Helle die Großmutter oder Verlobte zeigt, wie sie gerade in einem Buch blättert, Tränen vergießt, Blumen pflückt, ganz dicht bei dem Beschauer und dennoch fern, das heißt an dem Ort, an dem sie sich im Augenblick befindet. Wir brauchen, damit sich dieses Wunder vollzieht, unsere Lippen nur der magischen Membrane zu nähern...« (Das hat Marcel Proust über das Telefonieren geschrieben.)

Der Apparat ist mächtig. Er klingelt, wir gehorchen, und er behält »immer seine letzte, geheime Waffe, den Schrei – den langgezogenen, immer lauter werdenden Schrei eines gefangenen, aber immer noch gefährlichen Tieres«. So steht es in Ruth Rendells Roman »Flucht ist kein Entkommen«. (Übrigens rief Mutter neulich erst nachmittags um drei an. Das war genau der Tag, an dem wir einmal zwei Stunden später aßen als sonst. Das sagt wohl alles.)

Kann sich jemand vorstellen, wie glücklich ich war, als ich zum »Internationalen Symposium zur Soziologie des Telefons« eingeladen wurde? Ich fuhr sofort hin und begegnete lauter Kommunikationswissenschaftlern, die immerzu sagten, wie zutiefst befriedigt sie ihrerseits seien, daß das Telefon endlich als Forschungsgegenstand entdeckt worden sei. Niemand habe ja bisher das Telefon wirklich untersucht. Fielding/Hartley hätten, sagte einer, es als »vernachlässigtes (neglected)« Medium bezeichnet, aber besser sei es vielleicht doch, es mit Dordick ein »übersehenes (overlooked)« Medium zu nennen. Was mich persönlich angehe, entgegnete ich, so hätte ich das Telefon nicht direkt übersehen, aber vernachlässigt schon. Ich erwähnte das eingangs.

So gaben wir uns drei Tage lang den verschiedensten Vorträgen hin. Wir hörten, das Telefon sei die einzige zusammenhängende globale Infrastruktur, und zwar mit 750 Millionen Sprechstellen. Wir hörten, daß es in den USA *party lines* gibt, quasi öffentliche telefonische Unterhaltungen von maximal zehn Personen, in die man sich gegen eine Gebühr jederzeit einschalten kann. Ich erinnere mich, daß ein Sprachwissenschaftler aus Konstanz über »Telefonieren auf japanisch« referierte und uns auf die unglaubliche Höflichkeit des Japaners am Telefon aufmerksam machte, die so weit gehe, daß er am Ende des Gesprächs das Auflegen des Hörers so lange wie möglich hinauszögere, um dem Ohr des Gesprächspartners das dabei entstehende Knacken zu ersparen. Ja, man hat in Japan fast eine eigene Telefoniersprache: Hat jemand den Namen eines Gesprächspartners nicht verstanden, sagt er normalerweise Shitsurei-desu-ga o-namae-wa nan-to osshaimasuka (etwa: Entschuldigen Sie bitte, wie sagten Sie, sei Ihr werter Name?). Am Telefon aber heiße das: Shitsurei-desuga o-namae-o ukagawasete itadakemasu-ka (etwa: Entschuldigen Sie bitte, würden Sie mir die Gunst erweisen, daß Sie mich nach Ihrem Namen fragen lassen?).

Auch klärten uns Linguisten über den Aufbau von Telefonaten auf, die oberflächenstrukturell weltweit ähnlich organisiert seien: vom paarig geordneten Gruß der »non-visiblen« Gesprächspartner am Anfang über das »Pausenmanagement« während des Gesprächs bis zum Abschied, bei dem die Echoformel »Auf Wiederhören« das Ende des Gesprächs bei gleichzeitigem Fortbestand der Beziehung signalisiere. Außerdem lernte ich, daß es eine Zeit gegeben haben muß, in der man das Telefon »Parlograph« nannte, und es ist eine Schande, daß die Bundespost uns um dieses herrliche Wort betrogen hat. Also: Es wurde das Telefon endlich zur Gänze und von allen Seiten betrachtet.

Als ich nach Hause kehrte, klingelte es, und eine Stimme meldete sich: »Vau hier.«

»Shitsurei-desu-ga o-namae-o ukagawasete itadakemasu-ka«, sagte ich.

»Mensch, Vau, ich bin's«, brüllte die Stimme.

»Was ist, willst du über Autos reden?« (Mein Freund, der Doktor Vau, ist nämlich einer der größten lebenden Sammler kleiner Plastikautos, aber das ist eine andere Geschichte.)

»Ach, Autos. Wir müssen über das Telefonieren sprechen. Das Telefon ist das Auto des 21. Jahrhunderts.«

Dann hat mir der Doktor Vau alles ganz genau erklärt. In zehn Jahren, sagte er, werde die Telekommunikationsindustrie für die Volkswirtschaft vielleicht bedeutsamer sein als jetzt noch die Autoindustrie. Schon jetzt sei Kupfer für so viel Geld in der Erde vergraben, daß man dafür die Autobahnen noch einmal bauen könnte. (»Bitte nicht«, flehte ich.) Das Telefon sei das Medium der Zukunft, jederzeit und überall werde man jedem telefonisch begegnen können, und die

Unfallhäufigkeit dabei sei bedeutend geringer als beim Auto. Das alte schwarze Bakelit-Telephon sei dem VW-Käfer gleich in seiner Bedeutung. So wie jener die Motorisierung der bundesdeutschen Gesellschaft eingeleitet habe, stehe jenes für den Beginn ihrer Telefonisierung.

Es werde, hat der Doktor Vau gesagt, schon in fünf, sechs Jahren keine Seltenheit mehr sein, daß man auch in der Trambahn sein Telefon dabei habe, um ein paar dringende Gespräche zu führen. (Ich wendete an dieser Stelle ein, daß die Trambahn in manchen Städten doch heute schon eine Seltenheit sei, aber das hörte er nicht.) Und wenn sich das einmal durchgesetzt habe, sagte er, dann werde es irgendwann überhaupt ganz selbstverständlich sein, daß man stets und ständig ein Telefon mit sich führe. (Und die Telefonzellen? Ha! Die würden alle abgeschafft!) Ja, so wie es heute unvorstellbar sei, daß man von einem Büro aus nicht telefonieren könnte, rief aufgeregt der Doktor Vau, so werde sich irgendwann niemand mehr vorstellen können, daß man etwa auf einem Waldspaziergang nicht zu Hause anrufen würde, um zu bitten, schon den Kaffee aufzubrühen, man werde gleich da sein.

»Ja, aber so lange Telefonschnüre für Waldspaziergänge gibt es doch gar nicht«, rief ich. »Natürlich sind die Apparate alle schnurlos«, sagte Vau und fuhr fort: Irgendwann werde jeder Mensch eine kleine Kreditkarte mit einer Nummer darauf erhalten, die er in jedes beliebige Telefon der Welt hineinschieben könnte, um es auf diese Weise zu SEINEM Telefon zu machen, an dem er unter SEINER Nummer erreichbar sei. Bei diesen Worten, wir hatten uns inzwischen in München getroffen, weil die Telefonhörer in der Hitze unserer Ohren geschmolzen waren, warf der Doktor Vau, der eine solche Karte bereits besitzt, ein Stück Plastik auf den Tisch und häufte daneben anderes Plastik auf: Eurocard, Visa-Karte, Lufthansa Frequent Traveller Card, Avis-Card, Hertz-Karte. Das alles, sagte er, werde durch eine einzige Karte mit einer einzigen Nummer ersetzt werden.

»Eine einzige Nummer?« sagte ich und fügte hinzu, wie beruhigend ich es bisher immer gefunden hätte, daß ich wenigstens noch aus vielen verschiedenen Nummern bestand.

»Es wird Krieg geben«, sagte ich.

»Wieso?« fragte Vau.

»Weil alle Menschen telefonieren wollen, aber niemand angerufen werden will«, sagte ich. So sei es doch mit dem Auto auch: Alle wollten fahren, keiner wolle, daß die anderen fahren, denn die verursachen Staus. Alle wollten jederzeit und überall mit jedem sprechen können, aber niemand wolle jederzeit und überall gesprochen werden. Schon jetzt gebe es jede Menge Leute, die neben ihrem eingeschalteten Anrufbeantworter sitzen und mithören, wer sie da anruft. Dann schalteten sie sich entweder ein oder ließen das Gerät weiterlaufen. Immer ausgefeilter würden, sagte ich und spielte mein beim Telefon-Kongreß erworbenes Wissen voll aus, beim modernen Telefon die Abwehrmechanismen: Bei einer Telefongesellschaft an der Westküste der USA könne man für bestimmte Anrufer den Apparat sperren lassen, und in Los Angeles stünden 59 Prozent der Telefonbesitzer nicht mehr im Telefonbuch. Don't call me, I call You! Und überhaupt: Ob er, Vau, mir denn garantieren könne, daß die Leute, wenn sie soviel telefonieren, wenigstens weniger Auto fahren?

Vau sagte mir, daß ich das alles falsch sähe. »Du mußt dir doch nur mal die Typen morgens in den Flughafen-Lounges ansehen, die mit ihren tragbaren Telefonen da jetzt schon sitzen. Erreichbarkeit ist deren Statussymbol, die sind absolut geil auf ihre Erreichbarkeit, das symbolisiert nämlich ihre

Unersetzlichkeit. Sie wollen das so.« Kurzfristig werde das Telefon natürlich keine Dienstreise ersetzen, weil die Leute nämlich die Dienstreisen auch noch als Statussymbol benötigen. Aber langfristig könne sich keine Firma der Welt erlauben, daß ihre teuren Mitarbeiter dauernd auf Flughäfen herumsitzen. Dann schlage die Stunde des Bildtelefons. Man müsse sich nämlich den Büroarbeitsplatz der Zukunft etwa so vorstellen, sagte er: rechts einen Bildschirm, auf dem der jeweilige Gesprächspartner zu sehen sei, darin integriert eine zweizigarettenschachtelgroße Kamera, durch welche man selbst gefilmt werde – genau in Augenhöhe, denn durch umfangreiche Untersuchungen hat man festgestellt, daß eine Kamera von oben den Telefonierenden abgelenkt und uninteressiert erscheinen lasse, von unten hingegen arrogant und überheblich. Links befindet sich dann eine zweite Kamera an einem Galgen, wie eine dieser beweglichen Schreibtischlampen – damit kann man seinen Gesprächspartner jederzeit jedes Dokument lesen lassen. Dazu: Personal Computer, intelligentes Telefon, Bildschirm. Doktor Vau schob sich eine Telephone-Card von AT&T quer in den Mund und entmaterialisierte sich.

Schade, dachte ich. Ich hatte doch gerade angefangen, es schön zu finden, daß man seinen Gesprächspartner am Telefon *nicht* sieht. Das war einmal, und es war eine liebenswerte Unvollkommenheit. Das Telefon, sprach ich leise vor mich hin, wird die Alles-Maschine sein. Kann schreiben, lesen, computern. Kann einkaufen. Kann seine eigene Bedienungsanleitung sprechen. Kann an Termine erinnern. Kann kopieren. Macht Faxen. Macht keine Faxen. Erledigt Weiterbildung, Rendezvous, Behördengang, Telespiel und Kinderbewachung. Seelsorge, Anonymsex. Pizzabestellen. Kann Leben retten.

Auf dem Weg in die Telefoniergesellschaft noch ein letzter klarer Gedanke, bitte, bitte!

Wie heißt unsere Droge? *Communication!* Was ist Ruhe? Entzug!

Das hält keiner lange aus. Muß auch keiner. Denn Telefon ist immer da. Wo du auch gehst und stehst: Telefon! Wenn du es nicht mehr aushältst: Ruf irgendwo an! Ein Telefonat ist wie eine Spritze. Schnatter dich frei! Rede! Worüber? Egal, rede! Falsch verbunden? Hauptsache: verbunden. Häng dich an die große Zentralmaschine! Niemanden mehr treffen, riechen, anfassen. Nur noch quatschen! Sofort, immer alles sofort machen. Telefon macht ungeduldig, unduldsam. Telefon macht Leben schnell und preßt es zusammen. Nur mit Geschäftsbriefen liefe die Wirtschaft nicht. Ohne Telefon gäbe es keine Hochhäuser, denn wo sollten die Fahrstühle für die Büroboten mit all der Korrespondenz hin? Jemand hat ausgerechnet, daß drei Minuten Warten am Telefon wie zehn Minuten empfunden werden. Der nächste Schritt wird sein: Man pflanzt neuen Menschen gleich nach der Geburt ein winziges Telefon unter die Haut und erweitert so operativ die Sinne. Bei der Erschaffung des Menschen ist etwas vergessen worden. Das holen wir jetzt nach.

Ach, Telefon, kleines Tier. Komm, beiß zu!

Ein Radler fährt schwarz

DIESER SAMSTAG wäre ein herrlicher Tag gewesen, wenn nicht... Also es war folgendes: Ich hatte mit meinem neuen Rennrad Leute auf dem Land besucht, fünfzig Kilometer vor München. Wir hatten im Garten gesessen, ich hatte ein Weißbier getrunken, und es war wunderbar, ich hatte noch ein Weißbier getrunken, wir hatten gelacht und gescherzt, und ich hatte ein weiteres Weißbier getrunken, ich hätte ja eigentlich längst wieder zurückfahren wollen, da trank ich ein herrlich kühles, erfrischendes Weißbier, es wurde dunkel, na ja, ein Weißbier zum Abschied – dann radelte ich zurück, trotz inständiger Bitten meiner Gastgeber. »Hört zu«, rief ich, »was sind fünfzig Kilometer bei fünf Weißbier?! Ich fahre nicht Auto, ich radele bloß.«

Nach acht Kilometern war jene Energie verpufft, die fünf Weißbier verleihen, ich atmete schwer. Nach zehn Kilometern fiel mir auf, daß das Licht hinten kaputt war. Nach elf Kilometern hatte ich einen schweren Wadenkrampf links. Nach zwei weiteren Kilometern ging in einem dunklen, kalten Waldstück das Licht vorne aus. Ich versuchte, eine Ersatzbirne einzuschrauben, aber beim ersten Versuch fiel sie hinunter, rollte zur Seite, verschwand im Graben neben der Straße. Ich robbte durch das taunasse Gras, suchte, suchte, suchte – nichts. Ich schrie meine Wut in den Wald. Im nächsten Dorf, drei Kilometer weiter, gab es eine S-Bahn-Station. Ich radelte, von neuen Krämpfen heimgesucht, im Finstern dorthin, von Autos wütend angehupt. Im Ort schrie ein Halbwüchsiger: »Sie haben vergessen, Ihr Licht anzumachen!«

Die Bahn war vor zehn Minuten gefahren. Die nächste kam in einer halben Stunde. Der Fahrpreis, zu entrichten an einem Automaten, betrug 7,80 DM. Ich hatte nur ein Fünfmarkstück. Fünf Mark in der Tasche, fünf Weißbier' im Kopf. Ich stand allein in der Nacht. Schwarzfahren hasse ich, erspart mir eine Rechtfertigung. Liebe schwarzfahrende Freunde, haltet mich für einen feigen Kleinbürger, es lebe die Anarchie – aber ich kann es einfach nicht. Von einem dieser Kontrolleure in karierten Hemden und schwarzen Lederjacken zur Rechenschaft gezogen zu werden: gräßlich. Ich beschloß, eine Fahrkarte für 4,80 Mark zu kaufen, um so einen Teil des Fahrpreises zu entrichten und für den Fall, daß man mich stellen würde, meinen guten Willen beweisen zu können. Das Fünfmarkstück fiel klappernd durch. Als ich es herausnehmen wollte, merkte ich, daß jemand einen Kaugummi in den Geldauswurf gepappt hatte. Die fünf Mark waren mit widerwärtiger weißer Klebemasse überzogen, die ich durch Putzen mit dem Taschentuch nur verteilte, nicht aber zu entfernen vermochte. Ich warf das Geldstück wieder in den Automaten. Er nahm es, gab aber keine Fahrkarte heraus; der Kaugummi hielt das Geld in den Eingeweiden des Gerätes fest. Ich trommelte gegen das Blech. Die S-Bahn kam.

Ich stieg ein und fuhr mit, schwarz, schwarz, schwarz,

hatte Angst vor karierten Hemden und schwarzen Lederjakken, legte mir Erklärungen zurecht, fürchtete, an einer fremden Station den Wagen verlassen zu müssen, fiel zu Hause erschöpft, verschwitzt, verängstigt ins Bett.

Wahrscheinlich wird man von mir nach diesem öffentlichen Bekenntnis ein erhöhtes Beförderungsentgelt verlangen. Sollen sie doch. Ist mir alles egal.

Kleine Rülpser, dumpfes Gluckern

W<small>IR</small> hätten die Sache ernster nehmen müssen, von Anfang an viel ernster. Als sich die Katastrophe anbahnte, hätten wir entschlossen handeln müssen. Verdammt, warum haben wir gewartet? Andererseits: Was hätten wir machen sollen? Wer konnte das alles ahnen? Himmelherrgott, wir haben doch getan, was wir konnten! Wir haben doch gleich um Hilfe telefoniert, aber es ist niemand gekommen. Es kam einfach niemand, niemand... niemand...

Junge, beruhige dich, es ist alles gut jetzt. Wir sind doch gerettet. Wir haben es geschafft. Du bist ja ganz durcheinander. Sonntags ging es los. Plötzlich lief in der Küche das Wasser... also, ich bin wirklich verwirrt: Ich muß erklären, daß wir auf dem Lande leben, in einem alten Bauernhaus, und daß unser Abwasser nicht wie bei den Stadtmenschen in ein kleines Rohr und dann in ein großes Rohr und in einen Bach und in einen Fluß und dann in das große Meer läuft, sondern vom kleinen Rohr in eine Versitzgrube, von wo es bis zum Mittelpunkt der Erde versickert – was dort geschieht, weiß ich nicht. Jedenfalls lief in der Küche das Wasser nicht mehr ab.

Wenn man den Hahn aufdrehte, kamen kleine Rülpser und so ein dumpfes Gluckern aus dem Abfluß, und der Wasserspiegel im Becken stieg immer höher. Ließ man die Geschirrspülmaschine laufen, sammelte sich im selben Becken eine trübfette, von Essensresten durchsetzte Brühe. Nach ein paar Stunden war sie weg, aber wenn man den Hahn nur ein bißchen aufdrehte, schnulpte und gulpte es wieder aus dem Abfluß, und das Becken war voll und stank vor sich hin.

Montags riefen wir den Klempner an. Seine Frau war am Apparat. Wir wußten noch nicht, daß Klempner nie zu Hause sind und daß man am Telefon stets nur ihre Frauen erreicht, die immer dasselbe sagen: ihr Mann sei auf einer Baustelle und sie wisse nicht, wann er wiederkomme. Man könnte einen Klempner nachts um zwei anrufen mit demselben Ergebnis; sie leben, von ihren Frauen getrennt, auf Baustellen. Ich habe ungefähr fünfzig Leute befragt: Noch nie hat jemand mit einem Klempner selbst telefoniert. Einer sagte sogar, da er weder je mit einem Klempner gesprochen noch einmal einen gesehen habe, glaube er, daß es Klempner überhaupt nicht gebe, sondern daß ein Bielefelder Telefonbuchverleger die Existenz dieses Berufs erfunden habe, weil zwischen »Kleintransporte« und »Klimaanlagen« noch eine leere Seite zu füllen gewesen sei. Ein anderer erzählte, er habe in seiner Dusche mal einen patschnassen Klempner getroffen, der fortwährend in den Brausekopf gebrüllt habe: »Drehen Sie den Haupthahn zu. Ich bin gerade auf einer Baustelle und komme dann zu Ihnen.« Seitdem glaube er, daß die meisten Klempner wahnsinnige Angst vor Telefonen hätten, weil sie fürchteten, aus dem Hörer könne kochendheißes Wasser spritzen.

Am Mittwoch lief das Wasser gar nicht mehr ab. Wir hatten keine sauberen Gläser mehr und nur noch ein unbenutztes Messer, mit dem wir uns im Notfall die Pulsadern öffnen wollten. Wir tranken aus der Flasche und aßen Brot im Wohnzimmer, weil wir den Gestank in der Küche nicht mehr aushielten. Wir dachten über den Sinn der Zivilisation nach und darüber, ob es wirklich gut sei, daß das Lebensglück des Menschen an einem in der Wand verborgenen Rohr hänge. Wir verfluchten das Leben in einem Bauernhaus und dachten, wie schön es sein müßte, wieder in der Stadt zu leben. Wohnen nicht in München an jeder Ecke Handwerker, die auf Anruf herbeieilen, um devot unsere Befehle auszuführen?

Am Donnerstag handelten wir. Unser Nachbar, ein entschlossener Mann, fuhr zu einem Klempner, traf dort dessen Sohn und entlieh von jenem eine Maschine, mit der wir Wasser mit hohem Druck in das Abflußrohr pumpen sollten, um alles Hemmende wegzuspülen. Wir ließen also den Gartenschlauch durchs Fenster hinein, schlossen ihn an das Gerät an, führten einen dünnen roten Schlauch ins Abflußrohr und ließen brummend den Kompressor laufen. Oh, Kompressorchen, riefen wir, du machst alles wieder gut! Wir faßten uns an den Händen und tanzten um das Gerät.

Nach zwei Minuten schoß aus dem Abflußrohr eine graue, mit weißen Fettpartikeln sowie Kaffeesatz durchsetzte Flut und überschwemmte die Küche. All unsere Hoffnung war dahin. Wir suchten alte Lumpen, nahmen das Wasser auf, und wenn der Gestank nicht mehr auszuhalten war, gingen wir hinaus und erbrachen uns laut. Unser Nachbar fuhr weg und kam mit einem alten Mann zurück, der sich als der Vater des Klempners herausstellte. Er sagte, wir hätten das Wasser mit zu geringem Druck ins Rohr gepreßt. Wir schalteten den Kompressor von neuem an. Diesmal dauerte es drei Minuten: ein armdicker Wasserstrahl spritzte aus dem Rohr – und wenig später regnete entsetzliche Jauche aus dem Dunstabzug über dem Herd.

Wir standen starr, während die Fettaugen auf dem Abwasser neugierig unsere Knöchel umspielten. Leise regnete Gülle aus einer Dunstabzugshaube der Firma Siemens auf eine Herdplatte der Firma Bosch!!! Was war in jener Wand geschehen? Hatten sich alle Rohre aufgelöst, zerfressen vom Absud unserer Existenz? Hatten sich die Wände seit Wochen vollgesaugt, nun zum Platzen prall gefüllt mit grauem, fettigem Wasser? Waren wir umgeben von Flüssigkeit, die jederzeit hereinbrechen konnte? Wie lange würden die Dämme halten? Man fühlte sich wie Lothar-Günther Buchheim im U-Boot nach einem feindlichen Torpedotreffer, und heiser brüllten wir Befehle: Einen Lappen! Wo ist der Eimer?! Macht das Loch zu! Hängt die Expressionisten höher!

Der Vater des Klempners schluckte trocken und sagte leise, dies sei ihm bisher nie passiert, und er werde nun gehen. Unser Nachbar, der noch nie so tief mit dünnen italienischen Schuhen im Dreck gestanden hatte, folgte ihm mit dem Auto und kehrte mit einem langen dicken Draht zurück, an dessen einem Ende sich eine Kurbel befand, am anderen eine Art Korkenzieher. Damit werde, erläuterte er, das Hindernis in der Wand durchbohrt. Leider war der Korkenzieher erheblich dicker als die Öffnung des Abflußrohres in der Wand. Wir begruben unsere Hoffnungen an der Biegung des Abflußrohres. Auf der Suche nach einem Erfolgserlebnis entdeckte ich, daß aus dem Dunstabzug kein Wasser mehr tropfte. Lachend schaltete ich den Ventilator ein, der einen Schwall fettgesättigten, schleimigen Stinkwassers über mein enttäuschtes Gesicht versprühte.

Wir beschlossen, den Pfropfen in der Wand nun mit dem Kompressor unter Dauerbeschuß zu nehmen. Und wenn uns die Brühe bis zum Hals steigen sollte, wir würden nicht lockerlassen, immer Wasser marsch! Mit einer Kasserolle, in der wir Tage zuvor herrliche Forellen mit Pinienkernen gegart hatten, fingen wir das aus dem Rohr schießende Wasser auf, füllten es in eine Plastikbadewanne und schütteten es von hier in die Klärgrube im Hof, nicht ohne einen Blick in diesen Orkus zu werfen, aus dessen Wand doch beim Erfolg unserer Bemühungen Wasser hätte sprudeln müssen. Es kam nichts.

Wir erinnerten uns, daß einmal im Jahr ein Mann von einer großen Entsorgungsfirma vorbeikam, um die Versitzgrube zu reinigen, im Familien-Jargon freundlich der »Scheiße-Heini« genannt. Hatte er nicht gesagt, wenn wir mal einen verstopften Abfluß hätten, sollten wir ihn holen, er habe privat ein tolles Gerät für solche Probleme...? Wir riefen die große Firma an und berichteten; man versprach, ihn zu benachrichtigen. Wir wählten auch seine Privatnummer. Seine Frau war da: Ja, er werde kommen. Ja, er werde seine Maschine mitbringen. »Wird alles wieder gut?« riefen wir in den Hörer. Ja, es werde alles gut.

So saßen wir und warteten und fühlten uns wie die Bergleute einst in Lengede, bevor die rettende Dahlbuschbombe ihr Erdloch erreichte. Würde Gott mitbohren? Würde der Bundeskanzler anrufen, uns Mut zuzusprechen? Was geschähe, wenn auch dieser Versuch erfolglos bliebe? Sollten wir die Hauskatze durchs Rohr hetzen? Würde das Haus für immer unbewohnbar? Um zehn Uhr abends traf der Retter ein, und seine erste Frage war, ob wir bei unserem Anruf seinem Arbeitgeber von seiner abendlichen Tätigkeit erzählt hätten. Wir hatten. Ja, habe er uns nicht eingeschärft, daß der von alledem nichts wissen dürfe?! In unserer Diele stand ein aschfahler Mann und flüsterte: »Des kann mei Ende sei.«

Minuten später stand er wieder da wie Red Adair vor dem flammenden Inferno. Sein Auto enthielt eine zwölf Meter lange Spirale, welche er ins Abflußrohr einfädelte und mit

Hilfe eines elektrischen Apparates so in Schwingungen versetzte, daß der noch draußen befindliche Teil wie ein Zitteraal durch die Küche tobte. An der Spitze dieses Wurmes sahen wir einen Bohrmeißel, welcher sich, so erläuterte unser Mann, unnachsichtig durch jeden Fettpfropfen im Rohr fressen werde. Denn Fett sei es, das dem Wasser den Weg verlege. Wir hingen an seinen Lippen. Wir hörten das leise Sirren seiner Maschine unter unseren Füßen. Wir dachten: Solche Männer sind es, die einen Tunnel unter dem Ärmelkanal anlegen. Unsere angstgeweiteten Augen richteten sich auf die Dunstabzugshaube: Würde dort – die Spitze der Spirale...? Wir leuchteten mit einer Taschenlampe in die Sickergrube und sahen, wie es aus dem Rohr zu tropfen begann. Wir durften das Wasser wieder anstellen.

Spät in der Nacht saßen wir im Wohnzimmer, weinten ein wenig, betrachteten die Rechnung und dachten: Fettarm leben wollen wir nun, ja, ganz bestimmt.

Schnägg! Schnägg!

EINES TAGES sprach der Herr zu mir: »Gehe hin und lege einen Garten an!«

Ich befand mich gerade in meiner reichbestuckten Schwabinger Altbauwohnung und wälzte mich auf dem Sofa. Draußen regnete es in Strömen, und ich sagte: »Ach, Herr, täte es nicht auch ein Geranienkasten auf dem Balkon?«

Aber der Herr sprach zu mir: »Ich will, daß du schaufelst und hackst und Wege ziehst und Hecken pflanzt und daß du dich erfreust an einem Bauerngarten mit einer duftenden Kletterrose über dem Eingangstor, an bunter Kapuzinerkresse am Rande gemüsestrotzender Beete, an den altmodischen Pomponkugeln karmesinroter Dahlien, an bunten Gladiolen mit schwertförmigen Blättern, an beerenschweren Sträuchern...« Der Herr seufzte verträumt und sagte: »Nu mach schon!«

Also kaufte ich ein Haus mit Grundstück auf dem Land. Ich rodete eine Wiese, indem ich quadratische Soden ausstach, vom Erdboden löste und zu einem Hügel neben dem Komposthaufen türmte. Ich fand fette, braunschwarze Erde unter den Soden. Ich schaufelte und hackte und trennte Beete und Wege mit Reihen von Buchsbäumchen, die einmal zu einer dichten, rechteckig zu rasierenden Hecke zusammenwachsen sollten. Abends, wenn es kühl wurde, setzte ich mich auf eine Bank vor dem Haus und trank Bier. Einmal spürte ich, als ich den Krug ansetzte, an den Lippen statt des harten, kühlen Glases etwas Weiches, Feuchtes, Kaltes. »Wie die Lippen einer Toten«, dachte ich, aber dann fiel mir ein, daß die Lippen einer Leiche vielleicht nicht so voll und weich wären. Eine braune Wegschnecke war vom Bier angelockt worden, das Glas hochgeklettert und kurz davor gewesen, dessen Rand zu überqueren und sich ins Bier zu stürzen. Ich schleuderte den Krug von mir und erbrach mich.

Direkt neben dem Eingang zum Garten stand einer jener grauen Kästen, in denen die Bundespost irgendwelche Schaltvorgänge geschehen läßt. Weil das Gerät meiner Ansicht nach den Vorstellungen des Herrn von einem harmonischen Garten zuwiderlief, pflanzte ich daneben einen Knöterich, der den Kasten rasch überwuchern sollte, ein Auftrag, dem die Pflanze zügig nachkam. Ihre Geschwindigkeit imponierte mir um so mehr, als ich mich, ehrlich gesagt, ein bißchen daran störte, daß alles andere so langsam wuchs. Ich war ungeduldig. Ich wollte den Garten jetzt so, wie der Herr ihn sich erträumt hatte; es war ja nicht meine Idee gewesen. Jahrelang zu warten, bis aus nebeneinanderstehenden Sträuchern eine Hecke geworden war, aus niedrigen Gewächsen schattenspendende Büsche – o Gott! Wenn es überhaupt eine Pflanze gab, die mir gefiel, dann dieser Knöterich.

Die Schnecken hingegen lernte ich zu hassen. Ich setzte zwanzig junge Salatpflanzen in die Erde; sie waren am Morgen danach spurlos vernichtet wie Schokolade von einer Schar kleiner Kinder. Ich sah klaffende Wunden im Fleisch der Zucchini – Spuren getrockneten, in der Morgensonne glänzenden Schleims verrieten die Urheber. Die Blätter des Kohlrabi waren übersät von Löchern, schließlich ragten ihre Stiele kahl in die Luft. Nur an die Tomaten gingen sie nicht, der einzige Punkt, an dem ich ein gewisses Verständnis aufbrachte. Ich mag auch keine Tomaten.

Aus dem Zwischenfall mit dem Bierglas hatte ich gelernt, daß Schnecken Bier lieben, und ich grub Joghurtbecher bis an den Rand in die Erde, welche ich mit »Wolnzacher Hopfenperle« füllte. Am nächsten Morgen lagen braune Bierleichen in der abgestandenen, uringelben Flüssigkeit. Ich schüttete alles auf den Kompost und füllte die Falle neu. Indes: In wenigen Tagen schmolz so mein Biervorrat dahin, ohne daß ich einmal richtig betrunken gewesen wäre. Ich haßte die Schnecken dafür noch mehr.

Unter einem Holzbrett, das ich auf einem der Wege vergessen hatte, fand ich ihre Leiber dichtgedrängt, fette alte Schnecken, so lang wie meine Hand, schmale Kinderschnecken, die sich an meinem Salat, meinem Zucchini, meinem Kohlrabi erst noch zu mästen beabsichtigten. Ich streute Salz auf ihre Leiber, das die Feuchtigkeit aus den mit der Biomasse meines Gartens gefüllten Körpern zog und ihnen einen qualvollen Tod bereitete. Ich kaufte Schneckenkorn, das sie von innen noch peinvoller zersetzte, streute die senfkorngroßen Kugeln aufs Beet, lockte meine Feinde damit zu Scharen und fand sie morgens sterbend zwischen den Pflanzen, während ihre Nachkommen schon damit beschäftigt waren, die Leichenteile zu fressen, denn Schnecken ist weder Kannibalismus noch Aasfresserei fremd.

Aber nie wurde ich der Plage Herr! Aus der den Garten umgebenden Wiese wanderten Heere von Schnecken zu, bedächtig in meinen Garten kriechend, nur eines im Sinn: mein

Werk zu vernichten. Aber es waren nicht nur ihre Zerstörungen, die mich erbosten. Es war ihre Langsamkeit, ihre nadolnymäßige Langsamkeit: Sie waren nicht nur selbst langsam, sie verlangsamten auch durch ihr Sabotagewerk den Aufbau des Gartens, machten mir neue Arbeit und verhinderten, daß ich mich auf dem Sofa wälzte.

Im Kampf mit ihnen stumpfte ich ab. Es machte mir nichts aus, sie mit kochendem Wasser zu übergießen. Ich konnte sie – nur letzte Spuren von Ekel verspürend – mit einer Schere mittendurch schneiden und zusehen, wie zäher, manchmal beigefarbener, manchmal grünlicher Schleim aus ihrem Inneren quoll. Ich hatte das Gefühl, etwas zu tun, das ich nicht tun dürfte. Aber ich wußte mir nicht anders zu helfen, und wenn ich meinen Garten betrat, dann nie in der Vorfreude dessen, der Ernte halten will, sondern weil die Opfer unter den Pflanzen gezählt und fürchterlich gerächt werden wollten. Dieser Garten hatte, wenn überhaupt, nur noch einen Sinn: Man konnte Schnecken darin töten.

»O Herr!« rief ich. »Hast Du auch diese schleimigen Monster geschaffen? Willst Du, daß sie Deinen Garten vernichten? Oder willst Du mich prüfen wie Hiob?« Ich blieb verzweifelt im Eingang stehen, so lange, daß sich ein Knöterich-Zweig um meine Hand ringeln konnte. Wie der Händedruck eines Komplizen war das, meines einzigen Freundes, des großartigen Vertreters der Schnelligkeit und des Tempos in einer Welt vernichtender Geduld.

Ich war nicht mehr fähig spazierenzugehen, ohne jedes Schnecklein, das meinen Weg kreuzte, zu zertreten – ob es Wegschnecken waren, die geräuschlos unter meinen Stiefeln starben, oder Weinbergschnecken, deren Häuser knackend zerbrachen, bevor auch ihre Körper auf dem Straßenasphalt zu Brei wurden. Ich achtete nicht mehr auf die Landschaft, sondern blickte nur noch starr nach unten und suchte Opfer. Wenn ich einmal eine Schnecke nicht zertrat, weil sie nicht unmittelbar auf dem Weg lag und ich für eine Sekunde zu bequem war für den Ausfallschritt nach links oder rechts, dann beschäftigte mich eine halbe Stunde lang nur der Gedanke, ob dieses Tier nicht hundert und aberhundert neue zeugen würde, die wiederum meinen Garten überfielen.

Irritiert verfolgte ich, daß die Schnecken nicht etwa weniger wurden, sondern an Zahl trotz meiner Feldzüge noch zuzunehmen schienen, ja, daß neben den früher dominierenden braunen Wegschnecken neue Arten auftauchten, Laubschnecken, Ackerschnecken, Schüsselschnecken, die ich alle anhand von Nachschlagewerken zu unterscheiden lernte. Ich las fast nur noch über Schnecken, zitierte mitten in Gesprächen mit fremden Leuten plötzlich den Mephisto, der auf dem Blocksberg sagte:

> Siehst du die Schnecke da? sie kommt herangekrochen;
> Mit ihrem tastenden Gesicht
> Hat sie mir schon was abgerochen:
> Wenn ich auch will, verleugn ich mich hier nicht.

Ich versuchte mein Letztes, huschte nachts im Garten umher, Zaubersprüche murmelnd, zwischen zerfressenen Kohlstrünken und leise an den Endivien raspelnden Schnecken:

> Schnägg, Schnägg!
> Streck dyni alli vieri Hörnli uus!
> Oder i töt di, oder i mörd di, oder i...

Das Ende kam samstagabends, als ich wieder einmal voller Melancholie in den Garten ging, in der Hand eine Bibel, lesend aus dem Buche Joel über eine Heuschreckenplage als Strafgericht Gottes: »Wachet auf, ihr Trunkenen, und weinet; wehklagt, ihr Weinzecher alle um den Wein! Denn er ist euch vom Munde hinweggenommen. Denn ein Volk ist wider mein Land herangezogen, stark und ohne Zahl; es hat Zähne wie ein Löwe, ein Gebiß wie eine Löwin. Meinen Weinstock hat es verwüstet und meinen Feigenbaum zerknickt; es hat ihn abgeschält um und um und niedergeworfen, weiß sind geworden seine Schosse. Wehklage wie eine Jungfrau im Trauergewande um den Bräutigam ihrer Jugend.«

So ging ich dahin, achtete nicht auf den Weg und rutschte mitten im Garten auf einer träge dahingleitenden Ackerschnecke aus, stürzte rückwärts auf den Weg und zerkratzte mir die rechte Hand, mit der ich Halt suchte, an einem noch jungen Stachelbeerstrauch. Benommen blieb ich liegen. Ich war barfuß und trug eine kurze Hose. Als ich den Kopf hob, sah ich, wie eine schmutzig graugrüne, vielleicht zehn Zentimeter lange Spanische Wegschnecke auf meinen linken Fuß glitt, ja: floß, und spürte, wie sie in einer Reihenfolge wellenförmiger Hebungen und Senkungen über mein Bein kroch. Ich wollte sie mit der rechten Hand abstreifen und bemerkte, daß auf dieser Hand drei kleine, cremefarbene, grobgerunzelte Ackerschnecken saßen, »Genetzte Ackerschnecken«, wie mir, der ich das Bestimmungsbuch fast auswendig kannte, sofort einfiel.

Ich ließ die Hand sinken, spürte, daß auch die Linke schon schneckenschwer war, sah in der Nähe der Brustwarzen mehrere Mittelmeer-Ackerschnecken, kurze hellbraune Tiere, die in der Fachliteratur als angriffslustig bekannt sind und schon wütend mit den Schwänzen hin und her peitschten. Ich konnte mich nicht mehr bewegen. Immer mehr, immer länger werdende feucht-kühle Schleimstreifen zogen sich über meinen Körper, dann spürte ich eine Art Kitzeln, dann ein Gefühl, als schürfe sich Haut an einer rauhen Wand ab: »Radula«, dachte ich, »ein bewegliches Band Tausender kleiner horniger Zähnchen, das die Schnecken vorwärts/rückwärts über ihre Nahrung schleifen lassen.«

Sie schabten an mir wie an reifem Gemüse. Ich erinnerte mich, einmal etwas über fleischfressende Schnecken gelesen zu haben, die mit einem rasch vorschnellenden Saugrüssel Regenwürmer überfielen und ihre zappelnden, sich zerarbeitenden Opfer so lange festhielten, bis diese alle Kraft verloren hatten: Geduld versus Ungeduld, und die Schnecken siegten immer. Ich hatte nie herausbekommen, ob diese Würmer dann bei lebendigem Leib gefressen oder noch auf irgendeine geheimnisvolle Weise getötet wurden.

Fleischfressende Schnecken!

Waren Regenwürmer eigentlich Fleisch?

Als die erste Schnecke mein Kinn erreichte, dachte ich noch: »Sie haben sogar ein Gesicht, einen Mund und zwei Augen, auch wenn sie so kurzsichtig sind, daß sie erst bei Berührung einen Reiz verspüren, den man ›Sehen‹ nennen könnte.«

Ich wollte brüllen: »Schnägg! Schnägg!« Aber ich bekam keine Luft mehr, verlor das Bewußtsein und starb kurz darauf. Mit gesenktem Blick trat ich vor den Herrn, der sich auf einem Sofa wälzte, ein Glas 1990er Riesling d'Alsace trank und sich an einer Hamburger Wochenschrift erbaute.

»Herr, vergib mir, ich quälte Deine Geschöpfe«, sagte ich.

»Geht schon in Ordnung«, sagte der Herr, »sie haben sich ja ganz schön gerächt, wie ich höre.« Er lächelte süffisant.

»Was kann ich hier oben tun?« fragte ich, »ich will etwas tun.«

Das war schon wieder geheuchelt, denn in Wirklichkeit neidete ich dem Alten sein Sofa.

»Echt?« sagte der Herr unendlich gedehnt und langsam. Ich sah ihn zum erstenmal wirklich an. Warum war er so schrecklich lang gestreckt und am Ende spitz zulaufend? Warum war sein Körper so tief gefurcht und gerunzelt? Warum troff Schleim von diesem Sofa ins Weinglas? Warum saßen die Augen des Herrn auf langen Stielen?

»Echt?« sagte der Herr nach einer langen Pause noch einmal. In seinem Mund sah ich kurz ein bewegliches Band Tausender kleiner horniger Zähnchen.

»Dann darfst du mein Gärtner sein«, sagte der Herr.

Das Wüste lebt

ERICH SCHEITELMÜLLER war ein unauffälliger Mensch. Seine Haare waren so geschnitten, daß sie die Ohren nicht berührten, seine Unterwäsche war feingerippt, und wenn es mittags in der Kantine Seelachsfilet gab, bestellte er mit leiser Stimme nur dann eine Extra-Portion Kartoffelsalat dazu, wenn jemand anders am Tisch dasselbe vor ihm getan hatte. Wäre sein Bartwuchs dichter gewesen, hätte er sich einen Schnurrbart stehen lassen. Im Winter zog er sich warm an. Er besaß einen dicken blauen Mantel mit einem Gürtel, den er im vorletzten Loch schloß. Trotz dieses Kleidungsstücks sah er oft erkältet aus. Um seine Nasenlöcher lag dann eine feine Röte, denn Scheitelmüllers Haut war empfindlich und reagierte auch auf den Flausch der allerweichsten Papiertaschentücher gereizt. Beim Gehen versuchte er stets, nicht auf die Fugen zwischen den Pflastersteinen zu treten.

18 Jahre und drei Monate lang arbeitete Scheitelmüller in einer Bankfiliale mitten in der Stadt. Dort war er zum Bankkaufmann ausgebildet worden. Er versah Schalterdienst und

wurde von seinen Kollegen beneidet, weil er sich den Namen jedes Kunden schon von dessen ersten Besuch an merken konnte. (Andererseits wußten selbst Leute, die er schon jahrelang bediente, nicht immer, wie er hieß.)

Scheitelmüller lebte, seit er die Lehrzeit beendet hatte, in einem Ort namens Petershausen an der Peripherie der Stadt, dessen Aufstreben durch die Bahnverbindung ins Zentrum sowie die Tatsache begünstigt wurde, daß ein kleines Apartment schon für wenig Geld zu haben war, viel weniger als in der Stadt. Seine Einsamkeit milderte er durch die Mitgliedschaft in einem Schachverein sowie gelegentliche Besuche der Trabrennbahn. Die S-Bahn benötigte von Petershausen genau 40 Minuten bis zum Marienplatz – 40 Minuten hin, 40 Minuten zurück, merkwürdigerweise auch noch einem 40-Minuten-Rhythmus bei den Abfahrtszeiten folgend: 13.34 Uhr, 14.14 Uhr, 14.54 Uhr, jeden Tag, das ganze Jahr.

Scheitelmüller pendelte mit der Regelmäßigkeit einer Standuhr. Morgens 7.14 Uhr hinein in die Stadt, abends 16.54 Uhr zurück. Fuhr er erst um 17.34 Uhr, war das eine Sensation, deretwegen er durchaus seine Frau zu Hause angerufen hätte, wäre er verheiratet gewesen.

Er hatte ausgerechnet, daß er pro Woche 400 Minuten in der S-Bahn verbrachte. Das waren im Jahr bei 34 Urlaubstagen 17200 Minuten gleich 286,7 Stunden gleich 11,9 Tage. Fast zwei Wochen lang ununterbrochen im Zug! Würde sein Berufsleben 45 Jahre umspannen, rechnete er weiter, hätte er am Ende 535 Tage dort verbracht, 535 mal 24 Stunden – und das ohne Speisewagen! Wieviel Zeit für nichts, für ein Hin und Her in einer großen Gefängniszelle! Er stellte sich vor, daß man vor dem Weltgericht zum Pendeln mit der S-Bahn verurteilt würde wie zu einer Haftstrafe, mit Bewährung im Omnibus vielleicht. Aber wofür verurteilt, Blödmist, wofür?

Er beanspruchte jeden Morgen im Zug denselben Platz, im zweiten Waggon von vorn, erste Tür, dann rechtsherum ans Fenster. Was heißt: beansprucht? Er kam stets schon fünf Minuten vor Abfahrt des Zuges, damit ihm niemand seinen Platz nahm, er ihn also gar nicht erst wirklich einer anderen Person gegenüber beanspruchen mußte – er wußte gar nicht, ob er zu einer solchen Äußerung überhaupt fähig gewesen wäre.

Der Platz war nicht einmal besonders angenehm, zu kühl zum Beispiel besonders im Winter, weil er der Tür sehr nahe war. Aber es kam ihm nicht auf die Qualität des Platzes an, sondern auf Regelmäßigkeit. Scheitelmüller sah jeden Tag dieselben Häuser vor dem Fenster, dieselben Bäume, dieselben Fabriken, dieselben Bahnsignale, bis es in den langen Tunnel unter der Stadt ging.

Und jeden Abend wartete er an derselben Stelle des Bahnsteigs auf seinen Zug, kam die Rolltreppe herunter, ging dreißig Schritte nach schräg rechts bis zur Bahnsteigkante und blieb stehen, genau vor dem rechten Rand des zweiten Werbeplakates nach der Treppe. Jeden Abend standen neben ihm hier eine Frau Mitte 50, der er zutraute, schon Großmutter zu sein, und ein schwerer Mittvierziger mit traurigen, hängenden Wabbelwangen und einer fliehenden, von zwei Falten quer durchfurchten Stirn, den er abwechselnd für den Cheftelephonisten des Rathauses oder den Leiter der Sachbuch-Abteilung bei Hugendubel hielt. Scheitelmüller wechselte nie ein Wort mit ihm, aber als er dem Mann einmal an ganz anderer Stelle, auf der Trabrennbahn, begegnete, hätte er ihn beinahe wie einen alten Freund begrüßt. Er bremste sich erst in letzter Sekunde und meinte hinterher, bei seinem Gegenüber dasselbe Zurückzucken beobachtet zu haben.

Scheitelmüller hatte sich diesen Standort am Bahnsteig

ausgesucht, weil er aus Erfahrung sicher war, daß dort eine Zugtür genau vor seiner Nase zu stehen kam. Stoppte der Zug so, daß sich die Tür einen Meter weiter links oder rechts befand, nahm er das dem Zugführer persönlich übel und nannte ihn leise, ganz leise ein Arschloch.

Eine solche Verschiebung konnte eine Niederlage im Kampf um die Sitzplätze bedeuten. Dieser Auseinandersetzung, ausgetragen im Trichter der Waggontür mit Händen, Ellenbogen, Taschen, Ganzkörpern, haftete etwas verhalten Wütendes und still Verzweifeltes an, als sei das Leben jener verwirkt, die keinen Platz ergattern würden und stehen müßten bis Petershausen. Oder als könne sich die Tür jederzeit mit schnellem, lautlosem Schnappen schließen und wie eine Guillotine jeden noch auf der Schwelle Befindlichen in eine abreisende und eine zurückbleibende Hälfte zerteilen.

So fuhren die Züge vollgestopft ab. Die Stehenden blickten voller Haß auf die Sitzenden herab. Die Sitzenden blätterten ihre Zeitungen um, sobald sie merkten, daß ihre Gegenüber auf der Rückseite mitlasen. Sie blätterten auch, wenn sie mit einem Artikel noch gar nicht fertig waren, und weideten sich an der enttäuschten Miene der anderen.

Einmal sah Scheitelmüller im Untergeschoß des Marienplatzes einen Mann, der, am Fuß einer Rolltreppe stehend, die nicht aufwärts fuhr, sondern abwärts, ihm entgegen also, vor sich hin wütete: »Diese Mistschweine, ja, diese Säue, ja, diese Arschkanaken!« Scheitelmüller dachte, wie sehr er im täglichen Sitzplatzkampf eigene Gier durch seinen Wunsch nach bürgerlicher Unauffälligkeit zu zügeln wußte, wie er in der Meute noch eine gewisse Würde zu erhalten suchte, wie er sich an das alles auch gewöhnt hatte. Der Kerl, der da jetzt seine Wut aufs Pflaster spuckte, erschütterte ihn aber.

An diesem Tag fuhr er zum erstenmal spätabends noch

einmal mit der S-Bahn von Petershausen in die Stadt zurück, wußte selbst nicht, was er da suchte, lief ziellos im Untergrund umher und kehrte erst spätnachts zurück. Er sah unterwegs die Rentner, die flüsternd und mit grünen Ausweisen vor der Brust Sitzplätze forderten, roch den Menschendunst der unterirdischen Bahnhöfe, hörte das Klacken der Anzeigetafeln, wenn der Zug, den sie gerade noch annonciert hatten, im Tunnel verschwunden war.

Er blickte den Zügen nach und überlegte, was wäre, wenn er zu Fuß in einen solchen Tunnel hineinmarschieren würde wie ein Höhlenforscher. Er dachte an Expeditionen in ein verzweigtes, unterirdisches Reich, nicht von Menschen geschaffen, sondern natürlich entstanden und erst später zu S-Bahn-Zwecken genutzt. Und er wunderte sich, wieso er plötzlich so etwas dachte.

Er streifte stundenlang über die Bahnsteige, setzte sich in Züge, deren Ziel er nicht kannte, fuhr zwei, drei Stationen mit, wanderte vorbei an Drahtglaswänden, Sortimenten schwerer Brüste in den Schaufenstern geschlossener Bahnhofskioske, verkrusteten Abfalleimern, klebrigen Sprühsignaturen auf hygienisch doch sonst einwandfrei abwaschbaren Wänden. 535 Tage – und was war hier nachts?

Am U-Bahnsteig lauschte er den Todesschreien der Mäuse, die im Schotter zwischen den Gleisen umhergehuscht waren und den Sprung von der Schiene vor dem einfahrenden Zug nicht mehr geschafft hatten. Er setzte sich in einen der blauen Züge und beobachtete einen dicken Mann, der ihm lange gegenübersaß und an den Ellbogen rote, wie entzündet aussehende Kreise hatte; als jener aufstand, streifte sein Handrücken beim Hinausgehen versehentlich Scheitelmüllers linke Wange. Er mußte fast heulen nach dieser flüchtigen, unerwarteten Berührung. Ein Betrunkener stolperte über die Abteilschwelle herein, stürzte, erbrach körnig, wälzte sich brüllend, schlief ein. »Konzerthalle verteidigen!« hatte jemand auf die Mauer draußen vor dem Fenster gesprüht. Ein Mädchen murmelte vor sich hin: »Bleib sitzen, Hanne, ich sage dir, wann wir aussteigen. Eine Haltestelle noch, Hanne, dann steigen wir aus.«

535 Tage – und nachts? Nachts fuhren doch keine Züge hier unten!?

535 Tage im Leben, dachte Erich Scheitelmüller, sind 12 840 Stunden, das heißt: morgens immer wieder Wellen von Apfelshampoogeruch an den Haltestellen, abends Tauchbäder in Büroschweiß und soviel schlechter Atem dazwischen. Man müßte eine Typologie von S-Bahn-Schläfern verfassen, dachte er: arrogante Schläfer mit den Beinen auf dem gegenüberliegenden Sitz, weltmüde Schläfer über zusammengeknitterten Zeitungen, Routineschläfer, die die Zeit in der S-Bahn ins nächtliche Kontingent einplanten. Wie merkwürdig es aussah, wenn fertig für den Tag geschminkte Fräuleins hier morgens noch einmal in den Dämmer der Nacht fielen! Ein Schild huschte draußen am Fenster vorbei, und er überlegte lange, ob da wirklich gestanden hatte: »Menschenrettung geht vor Brandausbruch.«

Ein Leben lang pendeln, dachte er, hin- und herpendeln zwischen zwei Punkten. Jeden Tag werden die Vororte größer, jeden Tag pendeln mehr Menschen zwischen jeweils zwei Punkten hin und her. Das Perpendikel einer Uhr verharrt an seinen Wendemarken nur für einen winzigen Moment, bevor es sich wieder fallen läßt. Es hat kein Ziel, der Weg ist ihm das Wesentliche.

Bahnwelt, Bahnsprache. Wenn die S-Bahn abfuhr, rief jemand: »Petershausen – zurückbleiben!« Aber er rief es nicht in Petershausen, welches doch wirklich hinter der abfahrenden S-Bahn immer wieder zurückbleiben mußte, sondern in der Stadt, wenn der Zug nach Petershausen vom Bahnsteig ablegte. In Scheitelmüller wuchs der Verdacht, täglich versuche ein Mann namens Petershausen aus der großen Stadt zu fliehen, nehme alle 40 Minuten einen neuen Anlauf und werde jedesmal durch den entschlossenen Ruf des Bahnbeamten an der Flucht gehindert.

Manchmal hieß es auch: »Der Zug nach Petershausen erhält fünf Minuten Verspätung.« Scheitelmüller stellte sich dann ein Büro vor, in dem ein grauer Mann Thermoskannenkaffee trank und Verspätungen erteilte, in Antragsformularen blätterte, Verspätungspläne abstempelte, Verspätungsanträge abschlägig beschied und mürrisch Verspätungsgelder auszahlte.

Er stellte sich überhaupt viel vor in letzter Zeit.

Er fuhr immer öfter anders als 7.14 Uhr und 16.54 Uhr. Manchmal ließ er sich Abende lang durch die Gegend treiben, fuhr S-Bahn, stieg irgendwo aus, fuhr mit der Rolltreppe nach oben, schlenderte die Steintreppe daneben wieder hinunter, stieg ein, aus, fuhr Fahrstuhl, tauchte ab, tauchte auf und kletterte eines Tages, gerade auf dem Bahnhof in Petershausen angekommen, in den Zug Richtung Innenstadt am Gleis gegenüber. Wieder streifte er stundenlang durch den Bauch der Stadt. Den letzten Zug zurück, 0.41 Uhr, nahm er nicht.

Er blieb.

Hinter dem Bahnsteig fand er im Treppenhaus eine Tür in der schmierig-orange gefliesten Wand. »Raum 37773-5692« stand auf einem winzigen Schild in Augenhöhe. Die Tür stand einen Spalt offen, er öffnete sie ganz. Da war ein kleiner Raum mit Wänden aus nacktem Beton, auf der rechten Seite von drei dick isolierten, silbrig glänzenden Lüftungsrohren durchzogen. Der Raum war leer. Bis vor kurzem hatte man offenbar Putzmittel hier gelagert, ein dünner Chlorgeruch hing noch in der Luft. Scheitelmüller schloß die Tür und legte sich auf den Boden. In solchen Räumen leben sie, dachte er, die Zeugen Jehovas zum Beispiel, die den »Wachtturm« vor der Brust halten. Nachts wohnen sie hier unten, und wenn sie den »Wachtturm« verteilen müssen, kommen sie nach oben. Und der Mann mit den langen blonden Haaren und dem runden Gesicht, der zur Berufsverkehrszeit immer so schnell und mit starrem Blick über die Bahnsteige ging, alle um sich herum beschimpfte und laute Reden hielt über die Bürokraten, die sein Leben ruiniert hätten, der lebte auch in so einem Raum, bestimmt.

Er verbarg sich, bis der letzte Zug gefahren war. Das war ungefähr halb zwei.

Dann spazierte er über den Bahnsteig. Daß sie hier nicht einmal nachts das Licht ausschalten, dachte er. Seine Gummisohlen quietschten auf dem Pflaster. Das Geräusch war ihm neu, weil es nicht mehr durch die Leiber Wartender gedämpft wurde. Ohne Stopp rauschte ein leerer S-Bahn-Wagen durch den Bahnhof.

Leer?

Vorn am Steuer saß ein Eisbär, und im Fahrgastabteil standen Flamingos, trotz der großen Geschwindigkeit jeder nur auf einem Bein. Auf einem der roten Sitze hockte ein Krokodil auf den Hinterbeinen und drückte sich die Schnauze an der Scheibe platt. Scheitelmüller dachte an die Beförderungsbedingungen des Verkehrsverbundes, Paragraph zehn, Absatz drei: »Die Unterbringung von Tieren auf den Sitzplätzen ist nicht gestattet.«

Er betrat den Kontrollstand auf dem Bahnsteig, in dem tagsüber ein Aufseher seinen Dienst versah. »Elefanten!!!« brüllte Scheitelmüller ins Mikrophon. Aus dem Tunnel galoppierten drei Nashörner von rechts nach links, verschwanden wieder im Dunkel des Schachts. Ein glutroter Schmetterling ließ sich auf dem Fahrplan nieder, genau dort, wo der Fahrdienstleiter die Umrisse einer nackten Frau gezeichnet und immer wieder nachgezogen hatte, so daß die Silhouette bis auf die übernächste Seite durchgedrückt worden war. Irgendwo heulte ein Wolf oder bloß ein Hund oder warum nicht eine Hyäne? Aus dem Tunnel schwoll ein Donnergrollen daher, steigerte sich zum Orkan, bis schließlich eine Herde Gnus am Fahrdienstleiterkabuff vorbeistampfte, wie in den besten Sielmann-Filmen, bloß ohne jede Staubentwicklung.

Sie lassen uns den ganzen Tag hin- und herfahren, dachte er, und sagen uns nichts von alledem. Sie lassen uns Konten verwalten und in Schachvereinen spielen, aber daß es hier nachts so schön ist, sagen sie uns nicht.

Auf der Anzeigetafel las er das Wort »Oberleitungsstörung«, dann »Obertötungsleistung«. Er empfand einen Anflug von Bitterkeit, aber nur kurz. Die Mäuse in der U-Bahn waren Vorposten einer anderen Welt, dachte er.

Das Licht war nun rot, wie bei einem Sonnenaufgang in der Savanne, jedenfalls stellte sich Scheitelmüller einen Sonnenaufgang dort so rot vor. Ein Löwe trottete die Rolltreppe hinunter und verschwand im Notausgang. Oryx-Antilopen huschten vorbei, kaum daß er außer Sichtweite war. »3.25 Uhr«, dachte Scheitelmüller, »vermutlich laufen sie nach Ismaning.« Eine Draisine rollte das Gleis entlang, bedient von zwei schweißglänzenden sibirischen Tigern. Durch die Luft zog der Gestank von Raubtierurin. Ein Marabu balancierte auf einer Schiene.

Scheitelmüller durchfuhr ein schnelles Glücksgefühl, wie er es nie zuvor erlebt hatte. »Mantelpaviane nach Starnberg«, schrie er übermütig, ließ sich rückwärts auf einen Stuhl plumpsen und blieb minutenlang wie betäubt sitzen. »Petershausen«, dachte er und weinte fast, »zurückbleiben, Konzerthalle verteidigen.«

Er verließ das Häuschen. Das Gleisbett zwischen den Bahnsteigen, in dem sonst der Zug fuhr, war jetzt voll Wasser. Delphine tummelten sich darin.

Es war 3.59 Uhr. Er hielt die Füße ins Wasser und sang zur Melodie eines französischen Chansons: »Ne pas ouvrir avant l'arrêt du train.«

Auf Speedy Max, einem mittelmäßigen Trabrennpferd, raste in gestrecktem Galopp der Münchner Oberbürgermeister durch den Bahnhof.

Dann war alles ruhig.

Ich traf den Yeti

In einer kleinen, kleinen deutschen Stadt saß in einem heißen, heißen Sommer am Ufer des träge, träge dahinfließenden Flusses auf einer von der Raiffeisenbank gespendeten Bank ein alter, alter Mann, die Ellenbogen auf die Knie gestützt, den Körper vornübergebeugt.

»Wer sind Sie?« fragte ich ihn, denn ich kannte sonst jeden in der kleinen, kleinen Stadt.

Aus schmalgeschlitzten Augen sah er mich von schräg links unten an und sagte: »Ich bin der Yeti.«

»Warum sind Sie an einem heißen, heißen Sommertag nicht in Ihrem Kleinkleingarten und hacken Unkraut«, fragte ich, »wenn Sie der Jäti sind?« Ich entnahm meiner Jackentasche eine faltbare neunschwänzige Katze und flagellierte mich auf den Rücken für diesen Scherz.

Der alte, alte Mann knurrte böse, fletschte die Zähne und schickte mir heißen Knoblauchatem nach Art des Yeti.

»Schulligung«, rülpste ich, »warum sind Sie also nicht in Tibet oder im Kreis Xinnin in der Provinz Hunan?«

»Weil ich die Grenzen des Machbaren suche, des Aushaltbaren, des gerade noch irgendwie Erträglichen«, sagte der Yeti, »und die vermute ich in der deutschen Provinz.« Er fing mit seiner langen, lautlos aus dem Mund schnellenden Zunge eine Fliege und verspeiste sie.

»Weiß der Redakteur der Kreiszeitung, daß Sie hier sind?« fragte ich.

»Ich bin gestern gekommen«, antwortete der Yeti. »Man muß auf einer solchen Reise den Schmerz langsam steigern. Warten wir also noch ein wenig mit der Kreiszeitung.«

»Dann werden Sie Reinhold Messner also erst in einigen Monaten treffen«, sagte ich.

Der Alte fuhr wie elektrisiert auf. »Messner!!??« rief er und starrte mich an. »Gibt es ihn wirklich?«

»Es gibt einen Vollbärtigen, der sich so nennt«, sagte ich.

»Oh, really!« krähte der Alte, »und welche Schuhgröße hat er?« Er zog ein Photo aus der extrem dichten, rostroten Brustbehaarung unter seinem eierschalfarbenen Kaschmirpullover hervor. Es zeigte einige schlecht konturierte schwarze Flecken auf grauem Grund. »Das ist sein Fußabdruck«, erläuterte er.

»Warum nicht?« sagte ich. »Er behauptet, er habe Sie 1986 in Tibet gesehen. Sie seien riesig groß und schwarz und behaart, und nachts täten Sie pfeifen.«

»Das war mein Cousin«, sagte der Yeti. »Ein unangenehmer Bursche, unentwegt hinter Frauen her. Wahrscheinlich hielt er Messner zuerst für eine Frau und hat deswegen gepfiffen. Bei uns sind auch Frauen stark behaart. Er kennt nur zwei Dinge: Frauen und Schokoriegel.«

»Dann war er es auch, der einmal im Zeltlager des Bergsteigers Donald Whillans einen Snickers-Riegel fraß?«

»Es war Mars«, antwortete der Alte.

»Und warum hat er sich Messner nicht zu erkennen gegeben?« fragte ich. »Ich meine, warum hat er ihm nicht die Hand geschüttelt und ihn etwas gefragt?«

»Ich glaube, er hatte kein Geld dabei. Messner wollte etwas Unterstützung für seine nächste Expedition – nur dann wäre er zu einem Gespräch bereit gewesen.« Es war jetzt so heiß, daß das Ungeheuer von Loch Ness seinen Kopf aus dem träge, träge dahinfließenden Fluß steckte. Der Yeti stellte sich auf die Sitzfläche der Raiffeisenbank und bewarf es mit Paranüssen. »Natürlich hat niemand meinem Cousin diese Geschichte geglaubt. Er ist, wie ich sagte, nicht sehr glaubwürdig. Mir hat er dieses Photo gegeben.« Er traf das Ungeheuer von Loch Ness mit einer Paranuß genau zwischen die Augen. Es brüllte vor Schmerz, zog eine wasserdichte gelbe Pocketkamera hervor, photographierte uns und tauchte ab. Der Yeti legte sich lang auf die Bank, bettete seinen Kopf auf meinen Schoß und sagte:

»Hast du eigentlich an mich geglaubt, chéri?«

»Nachts ja«, sagte ich.

»Und nun bin ich da«, sagte er. »Weißt du, was ich glaube? Ich glaube, du bist nur eine Halluzination für mich. Auf derart extremen Touren, wie ich sie gerade unternehme, hat man manchmal Halluzinationen.« Er seufzte. »Du bist so schön.«

»Ich würde Sie gern mal meinem alten Religionslehrer vorstellen«, sagte ich.

»Du hast so weiche Haut«, sagte der Yeti, »und siehst noch so jung aus. Ganz anders als Reinhold. Nachher will ich noch raten, von wem dein After Shave ist. Hast du Reinhold schon einmal gesehen?«

Ich fühlte so etwas wie Eifersucht in mir aufsteigen, hielt es aber zunächst für Hunger. »Nur im Fernsehen«, antwortete ich.

»Fernsehen ist kein Beweis«, sagte der Yeti.

»Wollen Sie Beweise?« fragte ich. »Was suchen Sie überhaupt auf einer Tour wie dieser?«

Der Yeti zog einen schmalen, länglichen Block mit der Aufschrift »Burkhof-Kaffee« aus der Tasche und las hastig hingekritzelte Worte ab: »Todesnähe, Lächerlichkeit, Selbstgespräche, das Nichts, die göttliche Bedeutung der Mutter, Schwierigkeiten überhaupt, Liebe & rätselhafte nächtliche Samenergüsse, die Vergänglichkeit als Einzelwesen.«

»Haufen Zeug«, sagte ich. »So formulierte es Reinhold Messner auch immer. Wissen Sie eigentlich, daß er manchmal Witze über Sie erzählt?«

»Sind sie gut?« fragte der Yeti.

»Trifft ein Yeti den anderen«, erzählte ich. »Sagt der eine: Ich habe Messner gesehen. Sagt der andere: Gibt's den wirklich?«

»Aber so ist es doch!« rief der Yeti und richtete sich steil auf. »Genauso ist es. Es gibt Yetis, die glauben an ihn, andere nicht. Und manchmal brechen Tausende zur gleichen Zeit auf und laufen stundenlang durch die deutschen Städte und suchen ihn.«

»Ich hatte das bisher für Stadtmarathons gehalten«, sagte ich verblüfft.

»Und keiner findet ihn, und keiner weiß etwas«, sagte der Yeti.

»Vielleicht ist es besser so«, sagte ich. Das Ungeheuer von Loch Ness ließ sich jetzt auf dem Rücken liegend träge, träge an uns vorbeitreiben und deklamierte aus dem Alten Testament, um auf sich aufmerksam zu machen. Der Yeti feuerte das Magazin einer Parabellum leer, aber die Schüsse peitschten weit vom Ungeheuer entfernt das Wasser. Ich erinnerte mich an gestern morgen: Ich war im Sockenfach meines Kleiderschranks aufgewacht, hatte kurz überlegt, ob der Kopfschmerz hinten links die Einnahme einer Aspirin rechtfertigen würde, und dann beschlossen, in mein innerstes Innerstes zu gehen. Dort hatte ich stundenlang meditiert, und jetzt fiel mir ein, daß ich beim Hinausgehen vergessen hatte, den Papyrus zu gießen.

»Reisen Sie viel?« fragte ich.

»Nur nach innen«, antwortete der Yeti. »Aber fünf Jahre lang habe ich bei Volkswagen in Wolfsburg gearbeitet. Eine schöne Zeit. Ich wollte Niedersachsen sehen.«

»Da sind Sie nicht der erste, der das wollte«, sagte ich.

»Ja, aber niemand vor mir hat Niedersachsen mit Sauerstoffmaske bestiegen.«

»Niedersachsen ist ein zerstörter Traum«, sagte ich.

»Aber du findest dort Zärtlichkeit und Hermann Löns-Zitate«, sagte der Yeti. »Ich würde Reinhold gern treffen, am liebsten in Gifhorn, notfalls in Südtirol.«

»Warum reicht Ihnen der Glaube an ihn nicht?« fragte ich.

»Weil ich gerne Pressekonferenzen gebe«, sagte er.

»Gott ist tot«, sagte ich, »den können Sie auch nicht mehr treffen.«

»Tief in meinem Innern sind Speck und Käse und Wein«, sagte der Yeti. »Und eine große Sehnsucht nach Pressekonferenzen. Wenn es Reinhold nicht gibt, stelle ich mich allein der Weltpresse und spreche von meiner Mutter. Auch gut. Auch gut.« Er schlang seine Arme um meinen Hals. »Und dich will ich nicht mehr verlieren, hombre.«

»Lassen Sie uns zusammen in München-Grünwald eine Praxis für Lebensberatung eröffnen«, sagte ich. »Wir kaufen ein Haus, und ich halte Vorträge, und Sie lassen nachts Ihre Augen rot glühen und pfeifen irgendwas.«

»Du hast keine Ahnung von den Hypothekenzinsen«, sagte

der Yeti. »Ich kann nicht bleiben. Ich muß immer neu aufbrechen. Wirst du auf mich warten?«

»Wohin wollen Sie?« fragte ich und beobachtete mißtrauisch, wie er langsam die Hose öffnete und über seine riesigen Füße hinweg abstreifte.

»Du hast nur noch eine Frage«, sagte er und starrte gleichmütig auf den träge, träge dahinfließenden Fluß.

Ich zögerte. »Sind Sie... Reinhold?«

Er lachte schrill auf. »Findest du das nicht selbst ein bißchen zu einfach?«

Ich schämte mich entsetzlich. Mit einem eleganten Hechtsprung tauchte der Yeti in den träge, träge dahinfließenden Fluß, kraulte kraftvoll auf das langsam, immer noch auf dem Rücken im Wasser treibende Ungeheuer von Loch Ness zu, bestieg dessen fetten Bauch und zwang es, ihn zu neuen Abenteuern zu tragen.

Feinkost schlägt zurück

Morgens um sieben, wenn die Augen sich gar nicht öffnen wollen und der Wecker bereits unter meinen harten Schlägen zerbrochen ist, greife ich gern zum Wissenschaftsteil der Zeitung – nichts holt mich so schnell, so unwiderruflich ins Leben zurück. Gewöhnlich erzielt eine kleine Meldung über das Riesenwachstum von Pappeln im Umkreis von Tschernobyl die Wirkung von sechs Weckaminen, drei Tassen Kaffee und einer kalten Dusche.

»Kannst du schlafen, wenn dort die Pappelblätter 18 Zentimeter lang werden?« fragt die Wissenschaft.

NEIN!

Einmal las ich etwas über viele tausend Nachtbaumnattern mit scharfen Giftzähnen, die auf der Insel Guam durch ihr rätselhaftes Verhalten die US-Militärbasen bedrohten. Sie lebten nämlich in Jeeps und Flugzeugen, und die Stromversorgung sabotierten sie auch. Wieder und wieder schraubten die Soldaten voller Angst vor dem bissigen Feind ihre Gerätschaften auseinander, um Natter für Natter der Spionage zu überführen.

Hellwach blätterte ich zum Ende der Zeitung, und mein Blick fiel auf eine Nachricht aus einem Zoo in der westenglischen Grafschaft Somerset. Dort hatte eine Forelle in kühnem Sprung ihr Bassin verlassen und war in das Aquarium für Piranhas eingetaucht, nicht etwa, weil sie ihres Forellenlebens überdrüssig gewesen wäre, nein: Sie fraß auf einen Sitz sechs der Südamerikaner.

Ich verließ das Bett.

Piranhas? Sind das nicht diese gedrungenen, stumpfschnauzigen, apokalyptischen Gierfische, die einem die Finger wegfressen, sobald man sich im Amazonas die Hände wäscht? Reitet ein Konquistador durch den Fluß, watet am anderen Ufer eine leere Rüstung wieder heraus... steigt ein Ochse ins Wasser, um zu saufen, schmatz, sind seine Beine weg – das sind sie doch, oder? Man kann sich den erfolgreichen Kampf einer Nachtbaumnatter mit einer solchen Wasserhyäne vorstellen. Aber ein Forellchen?

Bei Forelle assoziierte ich immer (demselben Gedankengang folgend wie die Piranhas übrigens) in erster Linie die Worte »Filet« und »Sahnemeerrettich«. Und war nicht die Grätenlosigkeit ihres Fleisches mir auch stets ein Sinnbild für ihre Scheu und Vorsicht, ihre Liebe zum Schlupfwinkel, zum chamäleonischen Anpassen der eigenen Farbe an den Flußgrund, ja: für eine gewisse Rückgratlosigkeit? Jedenfalls dachte ich, wenn einmal der Aufstand der Tiere beginnen würde, es stünden wohl nicht gerade die Forellen an seiner Spitze.

Und nun dieser Ausbruch! Dieses Wüten! Wenn schon Forellen sich an Piranhas wagen, warum nicht an uns, an mich? Was wird geschehen, wenn ich demnächst im Feinkostladen auf das Wasserbassin deute und sage: »Die Große da, bitte«? Bin ich noch sicher, wenn ich einsam am fischreich-rauschenden Wildbach spaziere? Was bedeutet es, wenn gleichzeitig große Kontingente offensichtlich pazifistischer Nachtbaumnattern auf Guam zusammengezogen werden?

Steht etwas bevor?

Werden bald Waschbären die gentechnischen Labors besetzen und Feldhasen eine Chemiefabrik? Haben sie die Unterdrückung satt? Hat es ein Ende mit der Sanftmut?

Absurdes, abwegiges Gefasel?

Die Piranhas haben sich auch sicher gefühlt!

Ein Affe für mich allein

Wie oft habe ich mir vorgestellt, ich hätte einen Schimpansen im Büro! Ich würde ihn Kurt nennen, ihm ein Bettchen in die Ecke stellen, und er könnte hier schlafen. Morgens, wenn ich käme, wäre das Zimmer nicht leer, sondern schon jemand da, der mich begrüßen würde mit einem milden, klaren, seelenvollen Affenblick.

Es müßte allerdings wirklich ein Schimpanse sein, darauf möchte ich bestehen. Ein Gorilla käme nicht in Frage, dazu ist mein Büro zu klein, und außerdem habe ich Angst vor Gorillas, denn sie haben wulstige Augenbrauen und keinen Schnutenmund wie die Schimpansen. Ich könnte dem Kurt das Schreiben beibringen, und am Ende würde er vielleicht sogar kleine Geschichten erfinden, wer weiß. Und vor Lurchen und Schlangen, vor denen Schimpansen, sagt Brehm, »eine lächerliche Furcht« haben, müßte er sich bei mir auch nicht ängstigen. Die habe ich nicht im Büro.

Über eine Schimpansin namens Ai habe ich gelesen, man habe ihr in Japan in zwölfjährigem Intelligenztraining beigebracht, einzelne Buchstaben und Farben zu unterscheiden.

Einzelne Buchstaben! Einzelne Farben!

Da wird man fragen dürfen, ob mehr in der langen Zeit nicht möglich war. Die Antwort ist: Jene Schimpansin hat in all den Jahren an einem ganz anderen Projekt gearbeitet, an ihrer Befreiung aus dem Primatenzentrum der Universität Kyoto nämlich. Ich las, sie habe den Schlüssel ihres Käfigs entwendet, denselben mit dem Ruf »Etwas Besseres als ein Primatenzentrum finden wir überall!« auf den Lippen geöffnet und sei mit ihrem Gefährten Akira und dem Orang-Utan Du-Du in den Bergen verschwunden.

Was aber wollte sie dort? Einen Staat gründen? Menschenversuche machen? Eine ökologische Marktwirtschaft praktizieren? Japanische Photoapparate nachbauen? Den Orang-Utan in der Unterscheidung einzelner Buchstaben und Farben unterrichten?

Ach, ich weiß immer noch so wenig über die Schimpansen. Über ihr Denken. Ihr Wollen. Ihr Fühlen. Hätte ich einen Schimpansen im Büro, wäre das anders. Ich wäre Tag für Tag mit ihm zusammen und würde ihn in- und auswendig kennen. Alles wäre anders als jetzt, da die Affen in anonymen Primatenzentren geschult werden und, kaum hat man ihnen das Nötigste beigebracht, nichts anderes denken als: Flucht!

Weglaufen? Wer sollte vor mir weglaufen? Vor mir, der ich Schimpansen liebe wie mein eigen Fleisch und Blut! Süße, liebe, lustige Schimpansen, die aus Becherlein trinken und mit einer Serviette um den Hals essen können!

Es stimmt, einmal habe ich auch geträumt, Kurt habe in die Berge abhauen wollen – »affengeile Berge«, sagte er immer. Er kam aber gleich wieder und sagte, er habe nicht einmal die S-Bahn zum Starnberger See nehmen können, weil er das Tarifsystem des Münchner Verkehrs-Verbundes nicht kapiert habe. Das konnte ich ihm auch nicht erklären, und so ist er geblieben.

Hühner meines Lebens

»*Leider verbinden sich in der Vorstellung vieler mit dem Wort ›Hühner‹ nur die Begriffe Eier und Fleisch. Dieses Ratschlagbuch will aber auch auf die Schönheit des Tieres und auf das Interessante in der Zucht aufmerksam machen und nicht zuletzt die Liebe zum Tier anregen.*«
Sebnitz, Juni 1985, Fritz Schöne (Vorwort zu »Ratschläge für die Hühnerhaltung«)

»*Möge das Handbuch den Lesern solche Freude bringen, wie wir sie seit langem von unserem Haushuhn empfangen!*«
Schwalmstedt, Frühjahr 1985, Horst Schmidt (Vorwort zu: »Handbuch der Nutz- und Rassehühner«)

MEIN erstes Huhn hieß Bastian. Es stand eines Tages in der Tür zu meinem Büro und sagte: »Wissen Sie überhaupt, warum ich immer zwei verschiedene Socken trage?«

Ich sagte: »Nein.«

»Ach, wissen Sie, es ist verrückt«, sagte das Huhn, flatterte auf meine Bürolampe und sagte noch einmal »verrüüüückt«, mit einem so ganz langgezogenen »üüüü«, das den meisten Hühnern zu eigen ist, wie ich noch lernen sollte. »Es ist einfach eine Geschichte, die in meine Kindheit zurückgeht. Wir wohnten damals in einem winzigen Ort. Ich mußte morgens immer den Bus in die Stadt aufhalten, weil meine Geschwister regelmäßig zu spät dran waren. Einmal war es besonders knapp, da habe ich in der Eile meine Strümpfe verwechselt. Die anderen fanden das komisch, aber mir hat es gefallen. Seitdem trage ich immer zwei verschiedene Socken. Ich glaube, das bringt Glück.« Glüüüück.

Ich war damals, glaube ich, gerade Redakteur einer Männerzeitschrift und machte mit dem Huhn sofort ein Interview über die, wie es sagte, »Komposition meiner Gesamterscheinung«.

»Tragen Sie immer rote Hosen?« fragte ich zum Beispiel, und Bastian erzählte eine Geschichte von einem Schneider in London, bei dem er sich in einen leichten roten Stoff verliebt habe, ein wunderbarer, kindisch roter Stoff, aus dem er sich gleich 20 Hosen habe machen lassen, für den Sommer. Im Winter trage er Cordhosen, auch rot natürlich. Oder grau.

»Oh Baby«, sagte ich, »und Ihre Füße stecken in blauen Samtschuhen mit eingesticktem Goldwappen.«

»Yeaaaah«, gackerte das Huhn, nun schon ziemlich aufgekratzt, »sie sind von Tricker's und sind so leicht wie Hausschuhe und sind doch zugleich eine Ironie auf Hausschuhe, nicht?«

Wir küßten uns und gingen in den Franziskaner, um ein wenig aufzufallen. Zum Auffallen gehe ich immer gern in den Franziskaner. Nirgends fällt man so gut auf wie dort. Eine Zeitlang war ich später mit einem Nackthalshuhn befreundet, mit dem ich fast jeden Tag in den Franziskaner ging, um es dort in seinen ekligen, faltigen, nackten Hals zu beißen, bis den Leuten fast die Augen aus den Köpfen fielen. Ein lebendes Huhn mit einem nackten Hals! Es sah aus, als habe man es rupfen wollen und sei nur bis zum Schlüsselbein gekommen, falls Hühner ein Schlüsselbein haben, meine ich. Da guckte ein langer, dürrer, rosafarbener Nackthals aus einem Cremecaramelfederkleid hervor, es war schon irre.

Ich habe dieses Huhn oft gefragt, warum es so aussieht, und es hat dann eine lange Geschichte erzählt, die unter anderem in einem Dorf namens Schässburg in Siebenbürgen spielte, wo diese Hühner von Vampiren gehalten wurden, die verlangten, daß die Tiere ihre Hälse jederzeit entblößt zur Verfügung hielten. Dann war noch von einem Zauberkult auf Madagaskar die Rede, bei dem man die jeweils längsten Hühnerhälse eines Dorfes zu Zöpfen wand und mit importiertem Elfenbeinmehl gefüllt als Potenzmittel aß. Später glitt die Erzählung ins Wissenschaftliche ab, weil das Huhn mir zu erklären versuchte, daß es nackthalsig nicht erst durch Rupfen oder Rasieren geworden sei, sondern seit Geburt so aussehe. Nackthalsigkeit oder Halsnackigkeit, wie es einmal auch aus Versehen sagte, weil es so schnell sprach, sei im Erbgang dominant, also: Die Nachkommen nackthalsiger und normalgefiederter Eltern hätten schon in der ersten Generation wieder einen bloßen Hals.

Im übrigen war dieses Huhn außerordentlich widerstandsfähig. Wie oft habe ich im Herbst ihm im Englischen Garten meinen Schal angeboten! Nicht einmal Halsbonbons hat es genommen, es brauchte sie einfach nicht.

Hühner gehen mir allerdings immer auf die Nerven, wenn sie solche Züchtungs- oder Vererbungsgeschichten erzählen, ewig lang und meistens sterbenslangweilig. Sie sind überhaupt schlechte Erzähler, und dauernd quatschen sie von ihrem Nachwuchs. Ich kannte mal eine New Hampshire-Henne, die mich einerseits mit ihren muskulösen, goldbraunen Schenkeln unglaublich scharf machte, andererseits dermaßen penetrant ständig von der »Frohwüchsigkeit« ihrer

Küken berichtete, daß es zum Davonlaufen war, allein schon dieses Wort.

Vor fünf Jahren kam ich dann im Flugzeug neben einem älteren Malaien-Kampfhahn mit strengem Raubvogelgesicht zu sitzen, der mir von seinem Essen freundlicherweise den Geflügelsalat überließ und dann behauptete, er sei ein sogenannter »Mehrsbachscher Kämpfer«, eine Kreuzung indischer und englischer Kampfhähne, die als ausgestorben gelte, deren letzten Vertreter ich aber hier vor mir hätte. (Er habe, sagte er, by the way, in Neu-Delhi gerade einige Hühner begattet, um diese Linie wiederaufzunehmen.) Der Malaien-Hahn starrte mich aus tiefliegenden gelben Augen unter wulstigen Augenbrauen an und erzählte fast den ganzen Flug von Indien nach Frankfurt von seinen Vorfahren, von denen einer um die Jahrhundertwende General der Fußartillerie gewesen sei und es später bis zum Posten des Leiters der Abteilung »Fremde Hühner Ost« im Generalstab gebracht habe. Dann schimpfte er auf das »Haus Bismarck und seine Mamelucken« und verlangte, daß »im Osten endlich losgeschlagen« werde. »Wir Malaien«, schwadronierte er, »verkörpern stolzes Rekkentum, eine hochgewachsene, Achtung gebietende Hoheit. Malaien sind keine Herdentiere, sie sind Kostbarkeiten, die die Natur uns schenkte.« Das sei ein Zitat von F. W. Perzlmeyer.

»Bürzelmeyer?« fragte ich kichernd zurück und hustete ihm vor Lachen seinen eigenen Salat auf den linken Flügel.

»Mit Namen macht man keine Witze«, sagte er scharf und hackte mir mit dem Schnabel das rechte Auge aus, so daß wir das Mistvieh über Rumänien aus dem Flugzeug warfen, wobei es leider in die rechte Turbine geriet.

Ein Jahr später lernte ich in der Nähe von Dessau zum erstenmal ein Deutsches Reichshuhn kennen, während der Umbruchphase kurz vor der Wiedervereinigung, als ich ständig geschäftlich drüben zu tun hatte und privat übernachtete, weil die Hotels überfüllt waren.

Natürlich mußte ich mir, als ich abends ankam, im Haus so kritzigkratzige blaue Kunststoffpantoffeln anziehen, das ist bei den Deutschen Reichshühnern üblich. Und abends saßen wir stundenlang im Wohnzimmer und quatschten, und das Reichshuhn lag längs auf seinem Sofa, man muß sich das mal vorstellen, so ein mittelschweres, langgestreckt rechteckiges, regelrecht backsteinförmiges, schwarz-weiß-rotes Reichshuhn lag, Pantoffeln nun natürlich abgestreift, der Länge nach auf seinem Sofa, trank Dosenbier und erzählte von früher, als es Schwimmtrainer war und seinen Schwimmern immer anbot: »Wennde gewinnst, kriegste meine Tochter.« Und mit zu den Olympischen Spielen in München durfte es fahren und in Berchtesgaden wohnen, wo es die Einheimischen unter den Tisch soff bis zum Erbrechen.

Es trank mehr Dosenbier und erzählte weiter von früher, von seinem guten Job bei WTB, »Waren des täglichen Bedarfs«, wo eigentlich immer alles zu haben war. Und daß es jetzt einen neuen Job habe als Automatenaufsteller, erzählte das Reichshuhn, mit Erfolgsprämie, und wie es jeden Tag die Leute übers Ohr haute und dafür eben die Erfolgsprämien kassierte.

Ah, so ein zynisches, immer angepaßtes, dämliches Opportunistenhuhn, dachte ich.

Endlich müsse es wieder ein einheitliches deutsches Nationalhuhn geben, lallte es, es wolle überhaupt nur noch Reichshühner um sich sehen. Alles müsse werden, wie es um 1900 war, als man begonnen habe, das Deutsche Reichshuhn zu züchten (natürlich aus englischen, italienischen, belgischen und amerikanischen Hühnern, aber das blieb unerwähnt).

Dosenbier um Dosenbier gluckerte in seinen Hals, das Huhn rülpste gequetscht, musterte die Dose zwischendurch anerkennend und sagte: »Schmeckt überhaupt nicht nach Büchse.«

Am nächsten Morgen machte es Frühstück um halb sieben, weil die Reichshühner so früh aufstehen, und nahm 45 Mark für ein durchgelegenes Bett und das Frühstück eben, mit Rührei wenigstens.

Ich habe mir dann eines Tages im Bio-Laden sechs Eier gekauft, habe eines von meiner Putzfrau ausbrüten lassen – und siehe: Ich bekam ein kleines Zwerg-Strupphuhn, ein wunderhübsches, pummeliges, goldgelbes kleines Ding mit weit abstehenden lockigen Federn. Nie wieder werde ich ein so schönes Huhn haben (davon erzähle ich gleich noch mehr). Und ich habe viele Hühner gehabt, tolle Hühner.

Ich erinnere mich an eine Deutsche Zwerg-Langschan, blauschwarz mit einer zuckerhutförmigen Schwanzpartie. Sie war mit einem Busfahrer aus Essen verheiratet, der – wir machten alle Urlaub im Robinson-Club auf Fuerteventura – ganze Abende nur Ente-Lippens-Anekdoten erzählte und gar nicht merkte, wie ich ihm sein Hühnchen ausspannte. (»Vernasch mich!« seufzte sie bei unseren heimlichen Treffs, und wirklich aß ich sie eines Abends am Beach Grill wie eine Bresse-Poularde einfach auf.)

Oder ich hatte ein Jokohama-Huhn, ein fasanenartiges Wesen mit meterlangen Schwanzfedern, die einen in der Nase kitzeln. Das Jokohama-Huhn wohnte in der Maximilianstraße in einer teuren Altbauwohnung mit einer Riesenbadewanne, und es trug nur türkisfarbene Kapotthüte und sammelte bronzene Eßbestecke und schwülstige Leuchter aus kostbarem venezianischen Glas und Briefbeschwerer mit den Köpfen römischer Feldherren. Jeden Besucher fotografierte es zuerst mit einer Polaroid-Kamera und hielt das Bild während des Entwickelns unter dem rechten Flügel.

Ja, und ein fleischiges, grünglänzendes Australorp-Huhn hatte ich, das auf einem oberbayerischen Schloß wohnte und viel zu enge Breeches von »Et vous« trug und taillierte Blazer aus Popeline von Joop. Wenn es die auszog, war es das verworfenste Huhn von allen, so ein nimmersattes Stück, na, mehr will ich nicht erzählen. Soll ich noch das anthroposophische Huhn erwähnen, das von seiner Wiedergeburt als Giftschlange träu...

Ach, nie wieder werde ich etwas so Herrliches haben wie mein wolliges, knolliges Zwerg-Strupphuhn, ein lebhaftes Hühnlein von schlichtem Gemüt, das von seinem Brötlein immer nur pickte und an seinem Weinlein immer nur nippte und doch immer ein bißchen zu dick war und deswegen manchmal melancholisch wurde und schließlich weinte aus orangeroten Knopfaugen. Ich verschaffte ihm einen Job in einem Frisiersalon in München-Neuhausen, und abends sahen wir zusammen Sportschau oder spielten Modelleisenbahn, und morgens lasen wir die Geflügelzeitung. Ich pinselte ihm den Rachen mit fünfprozentiger Karbolsäure ein, wenn es Schleimhautentzündung hatte, und nannte es Müllerchen und manchmal auch Schulze, so liebte ich es.

Leider fing es furchtbar an zu trinken, süße Liköre zuerst, dann alles. Es war furchtbar, ein Strupphühnchen so verkommen zu sehen. Es soff und soff und soff, und abends, wenn ich nach Hause kam, saß es manchmal auf der heißen Herdplatte und merkte gar nicht, wie ihm die Füße verbrannten, und überall roch es nach angebranntem Huhn.

Eines Tages war es weg, mit dem ganzen Schmuck. Ich sah es nie wieder und weiß bis heute nicht genau, wo es geblieben ist, das heißt: Harald Juhnke hat mir neulich erzählt, in seiner

Entziehungsklinik in Basel habe er ein Hühnchen gesehen, das meinem verdammt ähnlich sah, mit ganz verschmiertem Lippenstift auf dem Schnabel. Sie hätten zusammen im Fernsehraum eine ältere Juhnke-Show gesehen, sagte er, und das Hühnchen habe sich immer wieder zu ihm umgedreht und schließlich gesagt: »Das sind doch Sie da vorne, Halalld, oder?«

»Halalld«, habe sie wirklich gesagt, sagt Harald, »Halalld, das sind doch Sie!« An mehr konnte er sich aber auch nicht erinnern.

Im Grunde bin ich nur noch einmal einem Huhn begegnet, das mir ähnlich viel bedeutete wie das Zwerg-Strupphuhn, auf einer ganz anderen Ebene allerdings. Das war das Leghorn.

Mythos Leghorn! 250 Eier im ersten, 200 im zweiten Jahr, 60 Gramm Eigewicht, viel Eimasse, aber immer geringer Futterverbrauch. Als Wirtschaftshuhn der Oberklasse kaum zu schlagen, aber dabei von klassisch-italienischem Design, mit edler Linienführung, feinem Federwerk, leicht beweglich, temperamentvoll, immerimmerimmer in kompromißlosem Weiß. Während man jedem mittleren Hahn anderswo Rallyestreifen ins Gefieder flocht, selbst Zwerg-Augsburger in Schwarz-grün-metallic zu haben waren, blieb das Leghorn immer so weiß, wie man es 1830 aus Livorno in die USA gebracht hatte, wo es von der Leghorn-Company zur Serienreife gebracht und seither in Rekord-Stückzahl gebaut wurde.

Für mich ist das Leghorn seither der Inbegriff des Huhnes geworden, ein Huhn für alle Tage, für den kurzen Einkauf ebenso wie für den langen Urlaub, ein Huhn für die ganze Familie, langlebig... einfach ein Huhn, mit dem man alt wird und das die Noblesse eines Minorka-Hahnes mit der Mütterlichkeit einer Wyandotte vereint.

Aber damals hatten sich, das war vor anderthalb Jahren, die Leghorn-Leute in Detroit noch einmal ein ganz anderes Huhn einfallen lassen, ein Leghorn, das mit der Zeit gehen sollte, eines für die Young Urban Professionals, mit dem man sich in der Wall Street ebenso sehen lassen konnte wie in der Via Veneto, falls man die Atlantik-Überquerung schaffte, ja, ein Leghorn als aktuelle Karriere-Begleitung für hier und jetzt, als Ausweis für Erfolg und besonderes Engagement im Beruf. Das Leghorn 190 E 1.8 quattro.

Ich testete es damals als erster Europäer, als ich gerade bei »Huhn, Motor und Sport« arbeitete. Ich probierte es auf einer Fahrt von Cannes nach Livorno aus, nicht zufällig eine Reise in die Heimat des Leghorn.

Nie werde ich vergessen, wie ich am Flughafen in Südfrankreich die Test-Henne umschritt und sich mir sogleich unauslöschlich einprägte, wo die Ingenieure bei der jahrelangen Arbeit im Windkanal die Prioritäten gesetzt hatten. Natürlich war die fließende Rückenlinie mit dem typischen waagerechten Stück hinter dem Kamm, dem steilen Abfall in die Sattelpartie und dem sanften Anstieg in den breit gefächerten Schwanz nicht angetastet worden. Man hatte das Leghorn nur einfach straffer proportioniert. Wo früher ein breiter, geräumiger Rumpf war, ein voller, weicher Bauch, da hatte das Leghorn 190 E 1.8 quattro deutlich abgespeckt. Es war schmaler, eleganter geworden, ohne an satter Stämmigkeit zu verlieren, ich schwöre es. Man hatte die Geschlechtsorgane weggelassen, die beiden Bürzeldrüsen tiefer gelegt und im Mastdarm Platz für den Scheibenwaschtank gefunden. Der Lohn: ein um 0,1 verbesserter cw-Wert.

Keinerlei Zugeständnisse hingegen auch hier bei der Farbe. Da war dieses weiße, sahnige Gefieder und sonst gar nichts. Ich hielt das zunächst für eine Marotte, für puren

Eigensinn des legendären Leghorn-Designers, fand es auch ein bißchen altmodisch. Aber war es nicht auch ein Zeichen von Prinzipienfestigkeit, dachte ich dann. Ich weiß es auch heute noch nicht. Meine leise Aufforderung zur Abreise quittierte der nagelneu konstruierte Antrieb mit einem leisen »Gockgooooock«, und wir schwebten dahin, aus Cannes hinaus, an Nizza vorbei, dann auch an San Remo. Welch eine Laufruhe, welch ein Genuß!

Da war kein Scharren, kein Gackern, da war nur hennehennehennemäßiges Dahinstieben, ach, Dahinschweben entlang der Cote d'Azur, wie in einem offenen Sporthuhn, aber mit dem Komfort eines flaumreichen Seidenhuhnes. Solche Beschleunigungskraft hatte ich zuvor nur auf einem zornigen Puter erlebt, so leichtes Gleiten nur auf einem polnischen Schwan. Hinter Genua testete ich das Potential des Leghorn 190 E 1.8 quattro zum erstenmal voll aus. Wo einem auf dem alten Modell bei solchen Geschwindigkeiten schon mal der lange rote Kamm um die Ohren schlotterte, da herrschte nun Ruhe.

»Spüren Sie meinen Langstreckenkomfort?« fragte das Huhn, »spüren Sie, wie diskret meine Geräusche sind, wie verhalten meine Kurven. Wie torsionssteif meine Leichtmetallknochen! Wie wasserführend die Chromleisten an meinem Hals!! Wie versiegelt mein Hohlraum!!! Wie zukunftsweisend mein Motor-Antriebs-Management!!!! Spüren Sie es? Und wie asbestfrei ich bin? Und wie die Federung... mitdenkt?«

»Herrlich!« jauchzte ich in den blauen Himmel über dem Ligurischen Meer und beschloß, spätestens bei Pisa dem Huhn das Du anzubieten. »Sagt man nicht: entspannte Führung bei engagierter Fahrt? Sagt man nicht so? Beinkrämpfe habe ich auch nicht.«

Erst bei Carrara mischte ich etwas Testosteron sowie verschiedene Anabolika in geringer Dosierung ins Futter. Nicht lange danach schwebten wir in Livorno ein. Die Bevölkerung begrüßte uns in heiterer Stimmung, und das Leghorn 190 E 1.8 quattro legte am Hafen, gleich bei der Fortezza Vecchia, ein mattschwarz eloxiertes Ei.

Hier hätte man bleiben können.

Und doch rissen wir noch in der Nacht aus, flohen nach Süden und unterschrieben mäßig dotierte Verträge bei AS Rom, wo wir beide noch heute im Mittelfeld rackern.

Axel Hacke
Der kleine König Dezember
Mit Bildern von Michael Sowa

64 vierfarbige Seiten, gebunden, Fadenheftung

»Heiter bis schwermütig ist dieses Märchen für
Erwachsene und Kinder, voll tiefer Bedeutung und
leichtsinnigem Witz, voller Charme und
weiser Einsicht. Die sanften, geheimnisvollen Bilder
von Michael Sowa geben die verzaubernde
Grundstimmung wieder. Vielleicht brauchte jeder
einen kleinen König und jede Menge Träume,
handlich abgepackt.«
Frankfurter Allgemeine Zeitung

Verlag Antje Kunstmann

Erich Kästner im dtv

»Erich Kästner ist ein Humorist in Versen, ein gereimter Satiriker ... ein Schelm und Schalk voller Melancholien.«
Hermann Kesten

Doktor Erich Kästners Lyrische Hausapotheke
ISBN 3-423-11001-5

Bei Durchsicht meiner Bücher
Gedichte
ISBN 3-423-11002-3

Herz auf Taille
Gedichte
Illustr. v. Erich Ohser
ISBN 3-423-11003-1

Lärm im Spiegel
Gedichte
Illustr. v. Rudolf Grossmann
ISBN 3-423-11004-X

Ein Mann gibt Auskunft
Illustr. v. Erich Ohser
ISBN 3-423-11005-8

Fabian
ISBN 3-423-11006-6

Gesang zwischen den Stühlen
Gedichte
Illustr. v. Erich Ohser
ISBN 3-423-11007-4

Drei Männer im Schnee
ISBN 3-423-11008-2

Die verschwundene Miniatur
ISBN 3-423-11009-0

Der kleine Grenzverkehr
ISBN 3-423-11010-4

Der tägliche Kram
Chansons und Prosa
ISBN 3-423-11011-2

Die kleine Freiheit
Chansons und Prosa
ISBN 3-423-11012-0

Kurz und bündig
Epigramme
ISBN 3-423-11013-9

Die 13 Monate
Gedichte
Illustr. v. Celestino Piatti
ISBN 3-423-11014-7

Die Schule der Diktatoren
Illustr. v. Chaval
ISBN 3-423-11015-5

Notabene 45
Ein Tagebuch
ISBN 3-423-11016-3

Ingo Tornow
Erich Kästner und der Film
ISBN 3-423-12611-6

Das große Erich Kästner Lesebuch.
Hg. v. Sylvia List
ISBN 3-423-12618-3

Als ich ein kleiner Junge war
ISBN 3-423-13086-5

Bitte besuchen Sie uns im Internet: www.dtv.de

Rafik Schami im dtv

»Meine geheime Quelle ist die Zunge der anderen. Wer erzählen will, muß erst einmal lernen zuzuhören.«
Rafik Schami

Das letzte Wort der Wanderratte
Märchen, Fabeln und phantastische Geschichten
ISBN 3-423-10735-9

Die Sehnsucht fährt schwarz
Geschichten aus der Fremde
ISBN 3-423-10842-8

Der erste Ritt durchs Nadelöhr
Noch mehr Märchen, Fabeln & phantastische Geschichten
ISBN 3-423-10896-7

Das Schaf im Wolfspelz
Märchen & Fabeln
ISBN 3-423-11026-0

Der Fliegenmelker und andere Erzählungen
ISBN 3-423-11081-3

Märchen aus Malula
ISBN 3-423-11219-0

Erzähler der Nacht
ISBN 3-423-11915-2

Eine Hand voller Sterne
Roman
ISBN 3-423-11973-X

Der ehrliche Lügner
Roman
ISBN 3-423-12203-X

Vom Zauber der Zunge
Reden gegen das Verstummen
ISBN 3-423-12434-2

Reisen zwischen Nacht und Morgen
Roman
ISBN 3-423-12635-3

Gesammelte Olivenkerne
aus dem Tagebuch der Fremde
ISBN 3-423-12771-6

Milad
Von einem, der auszog, um 21 Tage satt zu werden
ISBN 3-423-12849-6

Sieben Doppelgänger
ISBN 3-423-12936-0

Die Sehnsucht der Schwalbe
Roman
ISBN 3-423-12991-3

Mit fremden Augen
Tagebuch über den 11. September, den Palästinakonflikt und die arabische Welt
ISBN 3-423-13241-8

Bitte besuchen Sie uns im Internet: www.dtv.de

Walter Satterthwait im dtv

»Satterthwait kann absolut hervorragend schreiben.«
Claude Chabrol

Miss Lizzie
Roman
Übers. v. U.-M. Mössner
ISBN 3-423-20056-1

Lizzie Borden soll ihre Eltern ermordet haben... Ein Krimi mit Witz und Geist.

Mit den Toten in Frieden
Roman
Übers. v. Christa Krüger
ISBN 3-423-20250-5

Joshua Croft soll die Überreste eines Navajo-Häuptlings finden und stößt auf eine Vergangenheit voller Habsucht, Begierde und Verrat.

Wand aus Glas
Roman
Übers. v. Cornelia Philipp
ISBN 3-423-20281-5

Ein Joshua-Croft-Krimi um ein 30.000-Dollar-Kollier, Indianer, schöne Frauen und texanische Männer.

Eskapaden
Roman
Übers. v. U.-M. Mössner
ISBN 3-423-20284-X

Sommer 1921. Ohnmächtige Ladies, verschwiegene Butler, ein Entfesselungskünstler, obszöne Gespenster und ein ermordeter Lord... ein herrlich englischer Landhauskrimi.

Der Gehängte
Roman
Übers. v. Klaus Schomburg
ISBN 3-423-20348-X

Mord im Esoterik-Zirkel von Santa Fe. Joshua Croft ermittelt.

Ans Dunkel gewöhnt
Roman
Übers. v. Klaus Schomburg
ISBN 3-423-20411-7

Ernie Martinez, der Rita schon einmal töten wollte, ist aus dem Gefängnis ausgebrochen. Diesmal ist Joshua Croft persönlich betroffen.

Eine Blume in der Wüste
Roman
Übers. v. Werner Schmitz
ISBN 3-423-20435-4

Die Ex-Frau eines TV-Stars und ihr Kind sind verschwunden. Joshua Croft soll die beiden aufspüren.

Bitte besuchen Sie uns im Internet: www.dtv.de

Joseph von Westphalen im dtv

»Westphalen schreckt vor nichts zurück.«
Prinz

Im diplomatischen Dienst
Roman
ISBN 3-423-20747-7
Frauenliebhaber Harry von Duckwitz ist unangepaßt, zynisch, unpolitisch – und Diplomat ... Ein scharfzüngiger Schelmenroman.

Das schöne Leben
Roman
ISBN 3-423-20792-2
Harry von Duckwitz versucht den Zusammenbruch seines Vielfrauenimperiums zu verhindern und eine neue Weltordnung zu schaffen.

Die bösen Frauen
Roman
ISBN 3-423-12525-X
»Harry von Duckwitz, das ist der letzte, der Einspruch sagt, bevor die Welt sich selbst ad acta legt. Harry von Duckwitz ist ein lebenslanges Plädoyer, mit drei Frauen im Arm.«
(FAZ)

Das Drama des gewissen Etwas
Über den Geschmack und andere Vorschläge zur Verbesserung der Welt
ISBN 3-423-11784-2

High Noon
Ein Western zur Lage der Nation
ISBN 3-423-12195-5
»Ein Rundumschlag gegen das gesammelte Geisterbahnpersonal der Republik.«
(Nürnberger Nachrichten)

Die Liebeskopie
und andere Herzensergießungen eines sehnsüchtigen Schreibwarenhändlers
ISBN 3-423-12316-8
Nachrichten über die Liebe und übers Internet.

Dreiunddreißig weiße Baumwollunterhosen
Glanz und Elend der Reizwäsche nebst sonstigen Wahrheiten zur Beförderung der Erotik
ISBN 3-423-20546-6

Das Leben ist hart
Über das Saufen und weitere Nachdenklichkeiten zur Erziehung der Menschheit
ISBN 3-423-20548-2
»Von Hamsun bis zum Saufen, von Devisengeschäften bis zum Radfahren reicht das Spektrum: ergötzlich.«
(Frankenpost)

Bitte besuchen Sie uns im Internet: www.dtv.de

Herbert Rosendorfer im dtv

»Er ist der Buster Keaton der Literatur.«
Friedrich Torberg

Das Zwergenschloß und sieben andere Erzählungen
ISBN 3-423-10310-8

Briefe in die chinesische Vergangenheit
Roman
ISBN 3-423-10541-0
und dtv großdruck
ISBN 3-423-25044-5
Ein chinesischer Mandarin aus dem 10. Jh. gelangt mittels Zeitmaschine in das heutige München und sieht sich mit dem völlig anderen Leben der »Ba Yan« konfrontiert ...

Königlich bayerisches Sportbrevier
ISBN 3-423-10954-8

Die Frau seines Lebens und andere Geschichten
ISBN 3-423-10987-4

Ball bei Thod
Erzählungen
ISBN 3-423-11077-5

Vier Jahreszeiten im Yrwental
ISBN 3-423-11145-3
Ein satirisch-bissiges Panorama der Jahre 1944 bis 1946 in einem vom Tourismus noch nicht erschlossenen Alpental.

Das Messingherz oder Die kurzen Beine der Wahrheit
Roman
ISBN 3-423-11292-1
Der Dichter Albin Kessel wird vom Bundesnachrichtendienst angeworben. Allerdings muß er immer an Julia denken.

Bayreuth für Anfänger
ISBN 3-423-11386-3

Der Ruinenbaumeister
Roman
ISBN 3-423-11391-X
Schutz vor dem Weltuntergang: Friedrich der Große, Don Giovanni, Faust und der Ruinenbaumeister F. Weckenbarth suchen Zuflucht.

Ballmanns Leiden oder Lehrbuch für Konkursrecht
Roman
ISBN 3-423-11486-X

Die Nacht der Amazonen
Roman
ISBN 3-423-11544-0

Herkulesbad/Skaumo
ISBN 3-423-11616-1

Die Erfindung des SommerWinters
ISBN 3-423-11782-6

Bitte besuchen Sie uns im Internet: www.dtv.de

Herbert Rosendorfer im dtv

... ich geh zu Fuß nach Bozen und andere persönliche Geschichten
ISBN 3-423-11800-8

Die Goldenen Heiligen oder Columbus entdeckt Europa
Roman
ISBN 3-423-11967-5

Ein Liebhaber ungerader Zahlen
Roman
ISBN 3-423-12307-9
und dtv großdruck
ISBN 3-423-25152-2

Don Ottavio erinnert sich
Unterhaltungen über die richtige Musik
ISBN 3-423-12362-1

Die große Umwendung
Neue Briefe in die chinesische Vergangenheit
Roman
ISBN 3-423-12694-9

Autobiographisches
Kindheit in Kitzbühel und andere Geschichten
ISBN 3-423-12872-0

Das selbstfahrende Bett und andere Geschichten
ISBN 3-423-13168-3

Die Kellnerin Anni
ISBN 3-423-13221-3
»Umwerfend komisch.« (SZ)

Absterbende Gemütlichkeit
Zwölf Geschichten aus der Mitte der Welt
ISBN 3-423-13294-9

Salzburg für Anfänger
ISBN 3-423-13342-2

Stephanie und das vorige Leben
Roman
dtv großdruck
ISBN 3-423-25184-0
»Ein Buch, das man in einer Nacht mit den Augen regelrecht verschlingen möchte.« (Berliner Morgenpost)

Eichkatzelried
dtv großdruck
ISBN 3-423-25195-6

Deutsche Geschichte 1–3
Ein Versuch

ISBN 3-423-12817-8
ISBN 3-423-13152-7
ISBN 3-423-13282-5

Von den Anfängen bis zu den Bauernkriegen. »Geschichte im Zeitraffer, präzise, bildhaft.« (Österreichische Nachrichten)

Bitte besuchen Sie uns im Internet: www.dtv.de

Christian Kracht im <u>dtv</u>

»Christian Kracht ist ein ästhetischer Fundamentalist.«
Gustav Seibt in der ›Süddeutschen Zeitung‹

1979
Roman
ISBN 3-423-**13078**-4
Iran am Vorabend der Revolution. Ein junger Innenarchitekt und sein kranker Freund reisen als Angehörige einer internationalen Partyszene durch das Land. In Teheran werden die Panzer des Schahs aufgefahren... Christian Krachts gefeierte Selbstauslöschungsphantasie.

Faserland
Roman
ISBN 3-423-**12982**-4
Einmal durch die Republik, von Sylt bis an den Bodensee. »Einer der wichtigsten Texte der deutschen Literatur der 90er Jahre.« (Florian Illies in der ›FAZ‹)

Der gelbe Bleistift
Erzählungen
ISBN 3-423-**12963**-8
Auf Reisen durch das neue Asien. »Endlich! Das Buch für alle, die schon alles gesehen und alles getrunken haben, aber lechzen nach Stil, Esprit, Dekadenz, Hybris und einem sanften Touch von politisch korrektem Kolonialherrentum. Ein literarischer Sundowner. Cheers im Reisfeld!« (Harald Schmidt)

Christian Kracht und
Eckhart Nickel
Ferien für immer
Die angenehmsten Orte der Welt
ISBN 3-423-**12881**-X

Die Welt ist entdeckt. Aber das Fernweh bleibt. Christian Kracht und Eckhart Nickel haben sich aufgemacht, für uns die angenehmsten Orte der Welt zu suchen.

Christian Kracht (Hrsg.)
Mesopotamia
Ein Avant-Pop-Reader
Mit Fotos des Herausgebers
ISBN 3-423-**12916**-6

Wie sieht es denn hier aus? Und wie wird es weitergehen? Werden wir alle in den Tropen leben? Brauchen wir überhaupt Häuser? Oder leben wir schon längst in Flughäfen? Siebzehn junge Autoren geben Antwort.

Bitte besuchen Sie uns im Internet: www.dtv.de

Uwe Timm im dtv

»Als Stilist und Erzähler sucht Uwe Timm
in Deutschland seinesgleichen.«
Christian Kracht in ›Tempo‹

Heißer Sommer
Roman
ISBN 3-423-12547-0

Johannisnacht
Roman
ISBN 3-423-12592-6

»Ein witzig-liebevoller Roman
über das Chaos nach dem Fall
der Mauer.« (Wolfgang Seibel)

Der Schlangenbaum
Roman
ISBN 3-423-12643-4

Morenga
Roman
ISBN 3-423-12725-2

Kerbels Flucht
Roman
ISBN 3-423-12765-1

Römische Aufzeichnungen
ISBN 3-423-12766-X

**Die Entdeckung der
Currywurst** · Novelle
ISBN 3-423-12839-9
und dtv großdruck
ISBN 3-423-25227-8

»Eine ebenso groteske wie
rührende Liebesgeschichte...«
(Detlef Grumbach)

Nicht morgen, nicht gestern
Erzählungen
ISBN 3-423-12891-7

Kopfjäger
Roman
ISBN 3-423-12937-9

Der Mann auf dem Hochrad
Roman
ISBN 3-423-12965-4

Rot
Roman
ISBN 3-423-13125-X

»Einer der schönsten, span-
nendsten und ernsthaftesten
Romane der vergangenen
Jahre.« (Matthias Altenburg)

Am Beispiel meines Bruders
ISBN 3-423-13316-3

Eine typische deutsche Fami-
liengeschichte. »Die Jungen
sollten es lesen, um zu lernen,
die Alten, um sich zu erinnern, und alle, weil es gute
Literatur ist.« (Elke Heiden-
reich)

Uwe Timm Lesebuch
Die Stimme beim Schreiben
Hg. v. Martin Hielscher
ISBN 3-423-13317-1

Bitte besuchen Sie uns im Internet: www.dtv.de

Franz Hohler im dtv

»Ich möchte ein Zeitgenosse sein, der dasselbe Augen- und
Ohrenpaar zur Verfügung hat wie alle, die gerade leben,
der aber vielleicht ausspricht, was andere nur denken.
Einer, der auch Unbehagen artikuliert.«

Die blaue Amsel
ISBN 3-423-12558-6

Im vermeintlich grauen Alltag entdeckt Franz Hohler die kleinen
Wunder und unerwarteten Abgründe. Mal ernsthaft, mal mit
dem Augenzwinkern, das er auch als Kabarettist so glänzend
beherrscht. »Er demonstriert eindrucksvoll, wie kongenial die
(wenigstens!) zwei Seelen in der Brust eines derart doppelt kreativen Sprachprofis einander zum Vergnügen des Lesers inspirieren
können.« (Tages-Anzeiger)

Die Steinflut
Eine Novelle
ISBN 3-423-12735-X

»Auf einzigartig sensible Weise versetzt sich Hohler in die Seele
eines siebenjährigen Mädchens.« (Stuttgarter Zeitung)

Der neue Berg
Roman
ISBN 3-423-13165-9

Ein leichtes Beben erschüttert die Gegend um Zürich. Nichts
Ernstes. Doch einem lassen die feinen Risse am Fuße eines Hügels
im Wald keine Ruhe ... »Hier wird das Befremdliche im Allzubekannten sichtbar, die Absurdität einer Zivilisation, gegen die
sich der Angriff aus den Tiefen richtet.« (Neue Zürcher Zeitung)

Die Rückeroberung
Erzählungen
ISBN 3-423-13280-9

»Da bekommt das Alltägliche jene Sprünge, die nachdenklich
stimmen, da wird das scheinbar Selbstverständliche fragwürdig,
und Hohlers Zivilisationskritik so hintergründig wie eben diese
Zivilisation unheimlich.« (Frankfurter Allgemeine Zeitung)

Bitte besuchen Sie uns im Internet: www.dtv.de